Schokolade zum Verzehren

Das Buch:

Die 21-jährige Studentin Maggy braucht vorübergehend eine Festanstellung, um sich und ihre alkoholkranke Mutter über Wasser zu halten. Da trifft es sich gut, dass im Hause Hawkey ein Hausmädchen ausgefallen ist.

Womit Maggy allerdings nicht gerechnet hat, ist die Wirkung ihres reservierten Bosses Chris, der nicht müde wird, sie auf emotionalen Abstand zu halten.

Aber wenn er ihr wirklich so abgeneigt ist, warum führt das Schicksal sie dann immer wieder zusammen?

„Schokolade zum Verzehren" ist der dritte Band der neuen Edlyn Hill-Serie und kann, wie alle Folgebänder, unabhängig voneinander gelesen werden.

Miranda J. Fox

Schokolade zum Verzehren

Roman

Deutsche Erstausgabe Oktober 2015

Lektorat - Lilian R. Franke

E-MAIL

mirandajfox@outlook.com

FACEBOOK

Miranda J. Fox

WEBSEITE

www.mirandajfox.com

ISBN-13: **978-1517757830**
ISBN-10:**1517757835**

1

„Nochmals vielen Dank für deine Empfehlung, das bedeutet mir wirklich viel“, sagte ich und fühlte einen gewaltigen Stein vom Herzen fallen. Wenn das wirklich funktionieren sollte, würden Mom und ich endlich aus unserem finanziellen Loch herauskommen. Ich würde das Geld in ihre Gesundheitsförderung stecken, mich unabhängiger machen und am Ende meinen eigenen Weg gehen können.

Catherine Hawkey erwiderte meine Umarmung und drückte mich fest an sich, während hinter ihr das gewaltige Anwesen ihrer Familie aufragte. Ihr blondes, welliges Haar duftete nach fruchtigem Shampoo. Nachdem sie mich losgelassen hatte, blickten mich ihre hellblauen Augen aufmunternd an.

„Ach, das ist doch selbstverständlich, wir Kommilitonen halten zusammen. Jetzt beeile dich aber, mein Bruder mag es gar nicht, wenn man ihn warten lässt, und dass ich dich als Hausmädchen empfohlen habe, bedeutet noch lange nicht, dass du die Stelle auch wirklich bekommst“, fügte sie hinzu und sah zum Anwesen.

„Trotzdem, alleine für die Chance bin ich dir schon dankbar.“

„Jetzt geh endlich, wir warten in Cats Zimmer auf dich und danach gehen wir einen Kaffee trinken“, drängte Tara und schob mich zur Tür.

Cats beste Freundin war mindestens genauso aufgeweckt wie sie und mit ihren blonden Haaren und der großen Klappe konnten sie glatt als Schwestern durchgehen.

Ich seufzte. Mit meinem naturroten Haar, meiner großen Statur und den dunkelgrünen Augen passte ich so gar nicht zu ihnen.

Ich wirkte eher wie eine wilde Katze, die sich mit zwei Küken angefreundet hatte und versuchte, dazuzugehören. Doch ich kannte die beiden seit der Grundschule und sie waren immer freundlich zu mir gewesen. Hin und wieder tanzten wir auf einer Party oder trafen uns zum Lernen in der Unibibliothek, doch so richtig fühlte ich mich nicht in ihren Kreis aufgenommen.

Das war auch kaum möglich, denn die beiden waren ein Herz und eine Seele, die sich nur anzuschauen brauchten, um zu wissen, was der andere dachte. Das war beneidenswert.

So eine innige Freundschaft hatte ich mir immer gewünscht, doch es war schwierig, Kontakte zu pflegen, wenn man seine Zeit und Kraft für die Pflege seiner Mutter aufbringen musste. Aber ich wollte mich nicht beschweren. Es genügte mir schon, in der Nähe dieser wunderwollen Mädchen zu sein und ihnen beim Glücklich sein zuzusehen – immer mit der leisen Hoffnung, etwas von ihrem Glück möge auch auf mich abfärben.

Als ich durch die Haustür kam, weiteten sich meine Augen – wahrscheinlich wie bei jedem, der das Haus das erste Mal betrat - aber man konnte das königliche Bauwerk und seine Einrichtung einfach nicht anders anerkennen.

Zuerst stachen mir die menschengroßen Fenster ins Auge, die von schwerfälligen, edlen Vorhängen umrahmt wurden. Cremefarbener Boden erstreckte sich unter meinen Füßen und gab mir das Gefühl, viel zu kostbar zu sein, um darauf zu laufen; weiße Farbe und weißer Stuck zierten die Wände und das auf Hochglanz polierte Mobiliar spiegelte mich besser wider als der Wandspiegel in meinem Zimmer.

„Sein Büro liegt am Ende des linken Ganges. Klopfe einfach an, er erwartet dich bereits“, lenkte Cat meine Aufmerksamkeit auf sich. Ich nickte und sah dabei zu, wie sie ihre beste Freundin packte und aus meinem Blickfeld zog.

Ob Cat sich schon mal in ihrem eigenen Haus verlaufen hatte? Ich würde es tun, denn allein im Erdgeschoss zählte ich acht Zimmer und das Haus hatte insgesamt drei Etagen!

Wunderschöne Ölgemälde begleiteten mich auf dem Weg zum Büro und bildeten die Hawkey-Dynastie ab.

Manche Wandbilder stammten eindeutig aus dem vergangenen Jahrhundert, andere waren aktuell und in Farbe. Ich erkannte Pat und Nancy Hawkey, die Pioniere der Schokoladenveredelung, die in ganz Edlyn Hill bekannt waren, sowie ihre Kinder Frank und Oliver und natürlich Samuel, Chris und Catherine.

Wie es sich wohl anfühlen musste, Teil einer so bedeutenden Familie zu sein? Ob sich Cat überhaupt bewusst war, was für ein Glück sie hatte? Bestimmt, schließlich war sie die bescheidenste und bodenständigste Vermögende, die ich kannte – nun ja, womit sie auch die Einzige war.

Aber ich war mir ziemlich sicher, dass ihre Bescheidenheit eine Seltenheit unter ihresgleichen war. Kam es mir übrigens nur so vor oder bewegten sich die abgebildeten Gesichter, als ich an ihnen vorbeilief? Sicher eine Wahnvorstellung, die meiner Nervosität zuzuschreiben war. Immerhin ging es hier um einen gutbezahlten Job und den musste ich unbedingt bekommen.

Womöglich rührte meine Halluzination aber auch einfach vom Schlafmangel her, ich hatte in der letzten Nacht nämlich kaum ein Auge zugetan.

Nachdem ich geklopft hatte und hereingebeten worden war, ließ ich meinen Blick neugierig umherwandern.

Das Büro war nicht annähernd so groß, wie ich erwartet hatte, dafür fluteten die großen Fenster es ausreichend mit Licht, sodass ich einen Moment brauchte, um die kleinen Details aufzunehmen.

Der glänzende Boden war aus hellem Marmor und stand in starkem Kontrast zu den dunklen Eichenmöbeln, die man überall im Zimmer wiederfand.

Wie die tiefbraunen Schränke etwa, die sich an den Wänden aufreihten und mit Ordnern, Bilderrahmen und Büchern gefüllt waren, oder die gemütliche Eckcouch am Fenster.

Auf einer Kommode sah ich einen Ventilator und einen Wasserkocher stehen und auf dem wuchtigen Schreibtisch eine leere Kaffeetasse und diverse Dokumente. Dort saß Chris Hawkey, stellvertretender Geschäftsführer der *Hawkey Chocolate Company* und ein ebenso ansehnlicher Mann wie sein älterer Bruder Samuel.

Diese Hawkey-Kinder waren aber auch wirklich gesegnet, das musste man ihnen lassen, denn neben einer vermögenden Familienfirma hatten sie ganz offensichtlich auch noch die Schönheit gepachtet.

Chris war hochgewachsen, das sah man sogar in seiner sitzenden Position, und seine Haare waren genauso dunkel wie seine Augen - zumindest sahen sie von Weitem dunkel aus.

Kühle Intelligenz und Berechnung blitzten in ihnen auf, während er mich anlächelte, was seltsam verstörend war, als würde sein Blick eine Schwachstelle an mir suchen, während mich sein Lächeln ablenken sollte. Er war erst 26 Jahre alt, machte auf mich aber einen so abgeklärten Eindruck, als wäre er schon Jahrzehnte im Geschäft. Was er allerdings nicht wusste, war, dass mir seine Schwester schon einiges über ihn erzählt hatte.

Ich wusste zum Beispiel, dass er nicht annähernd so kaltherzig war, wie er sich immer gab, und seine ungerührte Maskerade ihm lediglich Schutz vor öffentlichen Angriffen bieten sollte.

Ein abgebrühter Geschäftsmann bot nämlich viel weniger Angriffsfläche als jemand, der zu weichherzig war und alles durchgehen ließ. Als sich unsere Blicke trafen, war ich mir jedoch nicht sicher, ob seine Unnahbarkeit wirklich nur als Schutz dienen sollte oder ob sie nicht schon längst ein Teil von ihm geworden war. Wie bei einem Schauspieler, der zu lange in eine Rolle geschlüpft war und sich am Ende darin verloren hatte.

„Mr. Hawkey, danke, dass Sie mich empfangen", sagte ich und kam näher. Der glatte Boden ließ meine Schuhe laut klacken und sein Blick gab mir das Gefühl, einer Spinne gegenüberzutreten, der ich langsam, aber sicher ins Netz ging. Das war natürlich Blödsinn, schließlich war *ich* diejenige, die etwas von ihm wollte und nicht anders herum, aber abschütteln konnte ich das Gefühl nicht.

Chris erhob sich von seinem Bürostuhl, kam mit

eleganten Schritten um den Tisch herum und reichte mir die Hand.

„Nicht doch, du bist eine Freundin meiner Schwester, nenn mich Chris“, bat er.

Sein fester Händedruck war warm und bescherte mir ein irritierendes Gefühl von Geborgenheit. Das war merkwürdig, schließlich kannte ich ihn überhaupt nicht – zumindest nicht so gut, dass ich mich in seiner Nähe so fühlen sollte. Überhaupt hatte ich mich schon lange nicht mehr so sicher gefühlt. Ich hatte gelernt, für mich selbst zu sorgen - jemanden, der auf mich aufpasste, gab es nicht.

Etwas übereilig ließ ich ihn deshalb los und sank auf den freien Sessel, den er mir anbot. Er selbst nahm wieder in seinem Sessel Platz. Ich musterte seine Aufmachung.

Es war ungewohnt, Chris in etwas anderem als einen Anzug zu sehen, denn weil ich keinerlei privaten Kontakt zu ihm pflegte, kannte ich ihn nur von öffentlichen Auftritten und Zeitungsartikeln. Ihn in einem zweifellos teuren, aber einfachen Shirt und einer Jeans zu sehen, war deshalb schon beinahe grotesk.

„Normalerweise übernimmt mein Bruder die Personalsuche, aber der befindet sich gerade im Urlaub. Ich hoffe, es ist in Ordnung, wenn du also mit mir vorliebnehmen musst?“

„Selbstverständlich.“ Mir war es egal, mit wem ich sprach. Ich hätte das Gespräch auch mit Cat oder dem Hausmädchen geführt, solange ich nur eingestellt wurde.

Er lächelte matt.

„Cat sagte mir, dass du bereits Erfahrungen als Hausmädchen gesammelt hast. Kannst du mir etwas darüber erzählen?“

„Ich habe schon in diversen Haushalten geputzt und im örtlichen Krankenhaus gearbeitet. Außerdem war ich Babysitterin und habe ein Praktikum im Housekeeping-Bereich gemacht.“

Nachdenklich runzelte er die Stirn, seine Finger strichen gedankenverloren über die Tischplatte. „Dann bist du ziemlich erfahren und trotzdem suchst du eine neue Stelle. Darf ich fragen, woran das liegt? Gab es Diskrepanzen zwischen dir und deinen alten Arbeitgebern?“

Ich stöhnte kaum hörbar auf, denn natürlich musste er das fragen! Ein flaues Gefühl breitete sich in meinem Magen aus, doch bevor mir die Gesichtszüge endgültig entgleisten, atmete ich tief durch und erklärte: „Das nicht, aber meine Mutter kann nicht lange allein gelassen werden. Sie ist … ein Pflegefall und das hat vielen Arbeitgebern zeitlich nicht gepasst.

Hier ist es aber anders, ich wohne nur 10 Minuten entfernt, kann also mühelos pendeln“, fügte ich eilig hinzu und hörte selbst, wie verzweifelt das klang.

Doch er sollte wissen, dass mich dieser Umstand keineswegs in meiner Arbeitsweise einschränkte – zumindest nicht mehr. Ich hatte einen Weg gefunden, mich mit ihr zu arrangieren, doch in seinen Augen sah ich meine Chancen bereits sinken. Zunge schnalzend massierte er sein Kinn, sichtbar unzufrieden, und betrachtete mich aus seinen dunkelbraunen Augen.

„Verstehe. Nun, deine Aufopferung in allen Ehren, aber … ich fürchte, in diesem Fall kann ich dich nicht einstellen."

Ein Eimer eiskaltes Wasser hätte mir nicht mehr zusetzen können. Enttäuscht richtete ich mich auf und war froh, dass mir kein Laut des Entsetzens entfuhr. Ich brauchte diesen Job, unbedingt!

„Ich versichere dir, dass ich allen Anforderungen eines Haushalts gewachsen bin. Ich kann kochen, aufräumen, die Wäsche waschen …"

„Das bezweifele ich gar nicht, Maggy, aber ich brauche jemanden, der sich voll und ganz auf die Arbeit konzentrieren kann …"

„Aber das kann ich, wirklich!"

Er hatte den Mund schon zu einer Gegenantwort geöffnet, doch bevor er mir eine endgültige Absage erteilen konnte, fügte ich hinzu: „Weißt du, ich hätte auch lügen können. Catherine hat mich davor gewarnt, meine Mutter zu erwähnen, aber schon beim Bewerbungsgespräch zu lügen, schien mir keine vertrauensvolle Basis zu sein.

Die Stelle war für eine Halbtagsschicht ausgeschrieben und halbtags kann ich arbeiten. Wenn du mich aber ablehnst, bestrafst du mich dafür, dass ich ehrlich war." Mein Blick war eine Spur zu herausfordernd, aber wenn ich ohnehin nicht genommen wurde, musste ich ja auch nicht länger die Demütige spielen.

Einen quälend langen Moment ließ er sich mit der Entscheidung Zeit, wägte die Nach- und vielleicht sogar Vorteile einer Einstellung ab, bis er schließlich sagte: „War ja nicht anders zu erwarten, dass Cat schummelt, wenn es um ihre Freunde geht." Seine Augen musterten mich abschätzend und seine Lippen deuteten ein Lächeln an.

„Eigentlich wäre es mir lieber, kein Risiko einzugehen, aber unser Hausmädchen braucht dringend Unterstützung und ehrlich gesagt bist du die überzeugendste Bewerberin, die ich in den letzten Tagen angehört habe." Ich unterdrückte ein Grinsen. Hieß das etwa, ich hatte den Job?

„Ich vermute, dass Cat dich bereits über den Grund unserer Stellensuche informiert hat?" Er verschränkte geschäftsmäßig die Hände ineinander.

Ich nickte. „Eure Haushälterin ist auf Gesundheitskur und ihr braucht vorübergehenden Ersatz."

„So ist es. Emilia ist ein sehr geschätztes Mitglied unserer Familie, deshalb muss ich noch einmal betonen, dass die Stelle nur für fünf Wochen ausgeschrieben ist. Sobald sie wieder arbeiten kann, werden wir uns von dir verabschieden müssen."

„Das ist kein Problem."

Daraufhin reichte er mir den Vertrag und erklärte: „Gut. Du wirst 5 Tage die Woche eingeteilt, Früh-

und Abendschichten wechseln und solltest du am Wochenende Extraschichten schieben wollen, werden dir diese mit doppeltem Stundenlohn vergütet. Bist du damit einverstanden?“

Meinte er die Frage ernst? Bei dem fürstlichen Gehalt würde ich nie wieder woanders arbeiten wollen. Herr Gott, ich würde glatt mein Studium schmeißen, wenn er mir einen lebenslangen Vertrag anbieten würde!

Laut sagte ich: „In allen Punkten einverstanden. Das heißt also, ich habe die Stelle?“

„Fast, da wäre nur noch eine Sache …“ Er stand abermals auf, kam zu mir auf die andere Seite und blieb dicht vor mir stehen. Seine dunklen Augen waren auf mein Gesicht gerichtet, und ich nahm ein betörendes Parfüm an ihm wahr.

Es war mir schon beim Eintreten aufgefallen, schwach hing es in der Luft, als wäre es über die Jahre in das Mobiliar eingezogen, doch nun umhüllte es mich in seiner vollen Wirkung.

„Was wäre, wenn ich dich jetzt küssen würde?“, fragte er vollkommen unerwartet. Seine Frage ließ mich kurzzeitig an meinem Hörvermögen und Verstand zweifeln, ehe ich begriff, dass er sie gerade wirklich gestellt hatte.

„Ähhh, wie bitte?“ Ein Bauchkribbeln machte sich bemerkbar, und ich wich unwillkürlich zurück. Waren wir nicht eben noch beim Vertraglichen gewesen?

„Antworte bitte auf meine Frage“, bat er, und

obwohl er so attraktiv war, stieß mich seine Frage sofort ab. Ich meine, so etwas warf man doch nicht einfach in die Luft, schon gar nicht bei einem Vorstellungsgespräch! Was fiel diesem Kerl überhaupt ein? War das sein übliches Gebaren mit frisch eingestellten Haushälterinnen?

Fassungslos stemmte ich die Hände in die Hüften und funkelte ihn an.

„Ich soll auf deine Frage antworten? Bitte! Wenn du noch einen Schritt näher kommst, rutscht mir nicht nur meine Hand, sondern auch eine Anzeige wegen sexueller Belästigung raus!“

Ich rechnete fest damit, dass er sich entschuldigen und seine Frage mit einem schlecht gemeinten Scherz abtun würde, doch er reagierte ganz anders.

Ein, zwei Sekunden lang sah er mich nur an, schien meinen Gesichtszügen entnehmen zu wollen, ob ich es ernst meinte oder nicht, dann richtete er sich lächelnd auf und schüttelte ungefragt meine Hand.

„Perfekt, du hast den Job.“

„Und, wie war es?“ Mit erwartungsvollen Gesichtern sahen Tara und Cat zu mir auf, als ich ins Wohnzimmer trat. Wie Hühner auf der Stange saßen sie auf dem Sofa und warteten darauf, dass ich ihnen die Neuigkeiten vor die Füße streute.

„Ich habe den Job.“ Grinsend sahen die beiden erst sich und dann mich an, doch Chris‘ Verhalten verwirrte mich immer noch, weshalb ich mich nicht ganz darüber freuen konnte.

Wollte ich wirklich für jemanden arbeiten, der so unberechenbar war wie Cats Bruder? Ich konnte mir nicht helfen, aber ich hatte das leise Gefühl, einen Pakt mit dem Teufel unterschrieben zu haben, deshalb unterbrach ich ihren Jubel auch, indem ich fragte: „Sag mal, ist dein Bruder immer so …?“

Tja, wie beschrieb man seine plötzliche Annäherung nur?

„So …?“, hakte Cat nach, wobei sie die Augenbrauen so weit hochzog, dass ich fürchtete, sie würden im Haaransatz verschwinden.

„Na ja, er wollte mich küssen, oder irgendwie auf die Probe stellen … glaube ich.“

Ich musste mich hinsetzen, denn aus unerfindlichen Gründen hatte ich weiche Knie.

„Oh nein, das hat er nicht wirklich getan, oder? Ich habe ihm extra gesagt, dass er das bei dir lassen soll!“, sagte Cat und fasste sich stöhnend an den Kopf.

„Was denn lassen? Er hat mich nämlich so schnell weggeschickt, dass ich keine Chance hatte, nachzuhaken.“ Ich musterte sie argwöhnisch.

„Tja, wie soll ich das erklären? Du weißt ja, dass Chris als Single heiß begehrt ist und wenn es eines gibt, was er nicht ausstehen kann, dann ist das unzuverlässiges Personal. Was ehemalige Hausmädchen betrifft, haben wir hier schon die schrägsten Szenarien erlebt, deshalb ist er so übervorsichtig und … nun ja, er testet die Belegschaft vorher.“

„Testen worauf? Dass man sich nicht nur bewirbt, um ihm an die Wäsche zu gehen? Das ist doch lächerlich“, bemerkte ich schnaubend.

„Könnte man meinen, aber – und ich will seine Methode keinesfalls gutheißen – für ihn ist das ein notwendiges Übel. Wir hatten schon Hausmädchen, die ihn, kaum dass er den Vertrag unterschrieben hatte, wegen sexueller Belästigung angezeigt haben. Andere haben versucht, sich ihm an den Hals zu werfen, und der extremste Fall war wohl, dass ein Hausmädchen nachts zu ihm ins Bett gestiegen ist“, erklärte Cat.

Ich war schockiert, besonders, weil ihre Miene keinen Anflug von Heiterkeit aufwies.

„Du siehst also, irgendwie muss er sich absichern, auch wenn er das sicher anders hätte umsetzen können.“

„Das ist irgendwie traurig, findet ihr nicht?“, meldete sich Tara zu Wort, die bis dahin ganz still gewesen war.

Ich sah sie mit hochgezogenen Brauen an.

„Also, als *traurig* würde ich das nicht bezeichnen. Es gibt weitaus schlimmere Schicksale im Leben, als angehimmelt zu werden! Für mich ist das eher ein Luxusproblem, wie jemand, der sich nicht zwischen einer Villa und einer viel größeren entscheiden kann.“

Ich erntete zustimmendes Nicken, glaubte aber nicht, dass sie meine Worte wirklich nachempfinden konnten. Meine Familie hatte eine Zeit lang am Rande der Existenz gelebt und sie kamen beide aus gutem Hause – was ich ihnen keinesfalls vorwerfen wollte – aber es machte es schwer zu glauben, dass sie meine Worte wirklich begreifen konnten.

„Und was fangen wir jetzt mit der restlichen Freizeit an?“ Cat sah erwartungsvoll in die Runde.

„Ich finde, wir sollten Maggys Neuanstellung feiern“, meinte Tara.

„Das geht nicht, ich muss nach Hause und …“

„Ach, komm schon, lass uns wenigstens ein Eis essen gehen. Wir haben so schönes Wetter und außerdem sind Ferien, die solltest du wenigstens heute noch genießen“, unterbrach sie mich. Sie hatte noch nicht einmal zu Ende gesprochen, da hatte sie mich auch schon halb aus dem Wohnzimmer und in Richtung Tür geschleift. Also schön, dann gingen wir eben Eis essen – ich hatte sowieso keine andere Wahl.

2

„Du kleines Miststück, wo bist du gewesen?!“, wurde ich von meiner Mutter empfangen, kaum dass ich drei Stunden später das Haus betreten hatte. Mit der linken Hand hielt sie eine Flasche umschlossen, mit der sie vermutlich nach mir geworfen hätte, hätten sie in diesem Moment nicht die Kräfte verlassen.

Erschöpft sank sie auf das durchgesessene Sofa zurück und gab ein Bild absoluten Elends ab. Die leere Flasche entglitt ihren Fingern und rollte bis ans Tischbein, wo sie klirrend zum Stehen kam. Einen beängstigenden Moment lang konnte ich meinen Blick nicht von dem Glasgefäß nehmen.

Sein Anblick nahm mich gefangen oder besser gesagt, die Promilleangabe darauf, die mir eines ganz deutlich machte: Sie trank wieder Hochprozentiges und das mehr denn je. Mit einem dicken Kloß im Hals riss ich meinen Blick los und schaute zu der Frau, die sich meine Mutter nannte.

Mit zerzausten Haaren und einem schlotterigen Nachthemd saß sie mitten am Tag auf dem Sofa, zog sich eine Talkshow nach der anderen rein und ertränkte ihre Sorgen im Alkohol. Früher war sie hübsch gewesen, hatte volles, rotes Haar gehabt und einen Teint, der zum Beneiden war. Heute war davon nur noch ein schwacher Abglanz übrig.

„Was ist? Was siehst du mich so vorwurfsvoll an? Der Wein war eben alle!“, verteidigte sie sich und kämmte ihre Haare mit den Fingern zurecht – als ob das helfen würde! Der Alkohol zehrte an ihr, raubte ihr jeden Tag ein bisschen mehr Kraft und sie schien es nicht einmal zu merken.

„Du wolltest doch keinen Hochprozentigen mehr trinken. Du hast es mir versprochen, weißt du noch?“ Ich ließ meine Handtasche von der Schulter gleiten, legte sie auf der Kommode ab und kam ins Wohnzimmer.

Natürlich war es töricht, sich einzureden, dass Wein harmloser als etwas Hochprozentiges wäre – Alkohol blieb Alkohol – aber Wein machte sie wenigstens nicht so aggressiv.

„Dann hättest du mir mehr davon besorgen müssen!“, blaffte sie und zog die herabhängenden Träger ihres Nachtgewandes auf ihre Schultern zurück.

„Noch mehr Wein?! Ich denke, eine Flasche am Tag ist schon schlimm genug und um auf deine Frage zurückzukommen: Ich war mich für einen neuen Job bewerben. Irgendjemand muss ja das Geld nach Hause bringen ...“

Ich wollte vorwurfsvoll klingen, bekam aber keinen strengen Ton zustande. Vielleicht war es der erbärmliche Anblick, den meine Mutter bot und der es mir unmöglich machte, sie zu hassen. Ich hatte es versucht, bei Gott und wie ich das hatte.

Ich war schon so weit gewesen, jegliche Erinnerungen an meine Kindheit hinter mich zu lassen und diese Frau aus meinem Leben zu verbannen, doch genauso, wie ein Verbrecher weiterhin von seiner Mutter geliebt wurde, weil er eben immer noch ihr Kind war, konnte ich mich einfach nicht von ihr abwenden.

Ich liebte sie, auch wenn ich Stück für Stück an der mir zugeteilten Aufgabe zerbrach. Glücklicherweise ahnte niemand etwas von unseren Familienverhältnissen und das war – das konnte ich ganz anstandslos behaupten – allein mein Verdienst.

So abgebrannt wir nämlich auch waren, so perfekt und glücklich gab ich mich nach außen hin. Natürlich hatte ich mir damit die Krone der Heuchelei verdient, denn ich belog nicht nur meine Mitmenschen, sondern vor allem mich selbst, aber ich wollte nicht, dass unsere wahren Zustände nach außen drangen.

Ich wollte wie jeder andere Mensch auch ein zufriedenes Leben führen, und weil ich das nicht konnte, wollte ich wenigstens so tun als ob.

Und ich war gut darin. Dass Mom alkoholkrank war, davon ahnte hier im beschaulichen *Edlyn Hill* niemand etwas.

Für die Anderen litt sie an *Agoraphobie*, eine Krankheit, bei der man sich vor Menschenmengen, öffentlichen Plätzen und Orten fürchtete. Und damit war das Alibi perfekt, denn so fragte niemand, warum meine Mom sich nicht auf Geburtstagen oder in Supermärkten blicken ließ. Für die Kleinstadtbewohner war die bedauernswerte Ms. Carter mit einer schlimmen Phobie geschlagen. Doch unser Leben war nicht immer von Lügen überschattet gewesen.

Ich erinnerte mich an eine glückliche Kindheit, in der Mom, Dad und ich in *Lorhams* Wäldern wandern gewesen waren und wie normale Menschen gelebt hatten. Ein Schicksalsschlag zerstörte dieses Glück allerdings, denn während meines sechsten Lebensjahres wurde sie mit meinem Bruder schwanger … der nie das Licht der Welt erblickte.

An jenem Tag starb etwas in meiner Mutter, doch ich war damals noch zu klein gewesen, um es zu verstehen. Als Dad uns ein halbes Jahr später verließ, verstand ich allerdings sehr gut: Er hatte uns zurückgelassen, eine gebrochene Frau und ein kleines Mädchen, das die Welt nicht mehr verstand.

Die nächsten Jahre verbrachten wir zu zweit und Mom tat alles, um mir eine glückliche Kindheit zu bescheren. Sie übte mehrere Jobs aus, um mir die schicksten Kleider kaufen zu können, und ließ sich ihre Trauer nie anmerken, doch zu einem hohen Preis, denn sie griff immer häufiger zur Flasche und am Ende bemerkte ich dann doch eine Veränderung:

Sie kam später nach Hause, vergaß, für mich zu kochen oder mich von der Schule abzuholen und sie wurde launischer.

Eines Tages - ich war 13 Jahre alt - kam sie von ihren nächtlichen Touren mit einem Mann zurück, der die gleiche Leidenschaft teilte wie sie – den Alkohol. Von da an verschlimmerte sich ihr Zustand kontinuierlich. Sie wurde geschlagen, schlug zurück, sie versöhnten sich und ertränkten ihre Gemüter im Alkohol.

Dann wurde sie wieder geschlagen und die Ereignisse wiederholten sich in einer Endlosschleife.

Unglücklicherweise bemerkten sie in ihrer verstörten Lebensweise das kleine Mädchen nicht, das wie eine einsame Blume in einem dunklen Wald aufwuchs und im Schatten von Hass und Alkohol nicht richtig gedeihen konnte. Zumindest könnte man das meinen, denn seltsamerweise hatte ich nie wirklich Schaden davongetragen – glaube ich zumindest.

Ich hatte mein Leben selbst in die Hand genommen, und als Mom ein zweites Mal verlassen wurde, war das auch bitter nötig gewesen, denn sie verlor sich endgültig im Alkohol. Und nun waren wir in der Gegenwart und Besserung war nicht in Sicht.

Weil Mom in ihre übliche Tirade verfiel und ich wenig Lust hatte, mir die gute Laune verderben zu lassen, steuerte ich die Treppe an – oder versuchte es zumindest, denn ihre donnernde Stimme hielt mich zurück.

„Dreh mir nicht so einfach den Rücken zu, wenn ich mit dir rede, junges Fräulein! Ich bin noch nicht

fertig."
Seufzend wandte ich mich um.
„Mom, lass gut sein und schlaf deinen Rausch aus."
Meine Worte schoben einen Riegel vor ihren Mund, von dem ich jedoch wusste, dass er nicht lange halten würde. Ihr Innerstes war wie eine Giftschlange, die auf einen Fehltritt von mir wartete, damit sie in Form von Wutausbrüchen zubeißen konnte – nur um sich dann entsetzt dafür zu entschuldigen.

Es war wie ein Film, den man schon dutzende Male gesehen hatte und von dem man ganz genau wusste, wie er endete.

Diese Stimmungsschwankungen waren kräftezehrend und ließen mich manchmal fast die Beherrschung verlieren, doch bisher war es mir erfolgreich gelungen, sie zu bewahren – ich fragte mich, wie lange noch.

Manchmal war ich selbst von mir erstaunt. Bei unseren Streits müsste ich mir vor Verzweiflung und Wut längst die Haare gerauft haben oder verrückt geworden sein, stattdessen war ich die Ruhe in Person - jedenfalls sagte man mir das nach. Ich war auch dafür bekannt, tolle Partys zu schmeißen und gute Laune zu verbreiten. War das nicht feinste Ironie? – und weil ich heute absolut keine Lust hatte, den Tag in meinem tristen Zuhause zu verbringen, beschloss ich, mein Talent umzusetzen.

Ich würde in nächster Zeit ohnehin kaum zum Feiern kommen, da bot eine kleine Feier eine gute letzte Gelegenheit.

Wie üblich tauchte ich als eine der Letzten auf meiner Party auf – ich hatte mir mal sagen lassen, dass man das als Gastgeber so tat. Wobei es nicht wirklich *meine* Partys waren. Im Grund suchte ich immer nur die Location aus, in denen sie stattfanden, und heute fiel meine Wahl auf *Jacksons Bar.*

Sie lag in *Lorham*, der Nachbarstadt von *Edlyn Hill*, und war wunderbar rustikal und altmodisch eingerichtet.

Sie war auch die erste Anlaufstelle für junge Studenten und sehr beliebt, und weil sich Jacksons Umsatz mit jeder organisierten Fete steigerte, musste ich meine Drinks schon lange nicht mehr bezahlen.

Jackson selbst war noch gar nicht so alt, vielleicht Anfang dreißig und immer gut gekleidet. Ich wusste nie, wo ich seinen Kleidungsstil einordnen sollte, aber wenn ich ihn beschreiben müsste, würde ich sagen, er kleidete sich hip und elegant zugleich.

„Da hast du ja wieder reichlich Kundschaft mitgebracht“, sagte er zufrieden, nachdem ich mich an seine Bar gesetzt hatte. Er hatte zwar Mitarbeiter, die für ihn ausschenkten, half aber immer wieder selbst aus, etwa, wenn die Bude so gut gefüllt war wie heute.

Das machte ihn in meinen Augen ungemein sympathisch, denn es zeigte, dass er nicht nur an den Umsätzen interessiert war, sondern auch daran, dass sich seine Gäste wohlfühlten.

Ich war ja immer wieder erstaunt, wie schnell die Menschen meinen Aufrufen folgten. Meine etlichen Facebook-Kontakte schienen nur darauf zu warten, dass ich zu einer neuen Fete aufrief. Als würden sie nichts anderes tun, als am Wochenende erwartungsvoll vor dem PC zu hocken und mein Profil anzustarren. Aber ich wollte mich nicht beschweren, denn obwohl ich so viele Leute kannte, hatte ich nicht wirklich Freunde und von so innigen Banden, wie Cat und Tara sie pflegten, konnte ich nur träumen. Diese Partys waren also die einzige Gelegenheit, mich dazugehörig zu fühlen, und deshalb brauchte ich sie genauso sehr wie die Menschen meine Partys.

„Habe ich nur für dich getan“, sagte ich augenzwinkernd und erntete ein breites Grinsen.

„Was möchtest du trinken? Das Übliche?“ Tatenfreudig warf er sich das Putztuch über die Schulter und sah mich an. Der Tresen war immer sehr gepflegt. Die Alkoholflaschen waren ordentlich im Wandregal sortiert, die Gläser hinter seinem Rücken gestapelt und weder ein Wasser- noch Schmutzfleck auf der glänzenden Theke zu finden.

Auch sein Putztuch war sauber, keines von den schmierigen Dingern, mit denen die Wirte in den Westernfilmen ihre milchigen Gläser putzten. Aber wie sollte das Tuch bei einer so tadellosen Theke auch schmuddelig werden?

Ich glaube, wo andere Männer ein Faible für Autos hatten, hegte Jackson ihn für seinen Tresen. Ich nickte und ließ mir meinen Lieblingscocktail mixen, dann gesellte ich mich zu den vielen Gästen, die mich freudig zu sich heranwinkten und sich für die Einladung bedankten.

Ich liebte diese Partys, denn sie lenkten mich von meinen wahren Problemen ab. Hier konnte ich ausgelassen trinken und feiern und die Sorgen, die zu Hause auf mich warteten, für einige Stunden vergessen.

Dem schlechten Gewissen ließ ich an solchen Tagen keinen Platz, schließlich opferte ich beinahe meine gesamte Freizeit für die Pflege meiner Mutter, die wegen ihres Dauerzustandes kaum noch etwas selbst erledigen konnte. Und wenn ich nicht zu Hause war, dann ging ich arbeiten, um uns ein einigermaßen komfortables Leben zu ermöglichen. Nein, das hier hatte ich mir redlich verdient!

„Nächste Woche wollen wir shoppen gehen und uns einen Wellnesstag gönnen“, informierte meine Kommilitonin Olivia mich und deutete auf zwei andere Mädchen.

Das Dreierpack kam dem Wort *Freunde* schon ziemlich nahe, doch um mich wirklich mit ihnen verbunden zu fühlen, unternahm ich einfach zu wenig mit ihnen. Sie mochten mich und ich mochte sie, doch wie das fünfte Rad am Wagen trug ich nicht wirklich zu ihrer funktionierenden Freundschaft bei. Ich war zwar da, aber eigentlich brauchten sie mich gar nicht.

„Hört sich toll an, aber ab morgen arbeite ich bei den Hawkeys und das die gesamten Ferien über."

Traurigerweise entlockte ihnen meine Absage nicht einmal mehr enttäuschte Gesichter, denn sie waren solche Antworten von mir gewohnt. Überhaupt glaubte ich, dass sie mich nur der Höflichkeit halber gefragt hatten.

„Schade, na ja, vielleicht nächstes Mal", sagte Olivia und nippte an ihrem Glas. Das klang allerdings genauso unglaubwürdig, als ob sie gesagt hätte, der Weihnachtsmann stünde hinter mir - schlimmer noch, letzteres hätte ich ihr eher geglaubt.

Ich blieb noch eine Weile bei ihnen, wurde dann aber von anderen Leuten gerufen und zog mich dorthin zurück. Dabei kam ich mir wie der Gastgeber einer Hausparty vor, der den ganzen Abend damit beschäftigt war, seine Gäste via Smalltalks bei Laune zu halten.

Dabei hatte ich im Grunde nichts anderes getan, als hierher einzuladen. Spaß machte es trotzdem, bis ich mich für einen weiteren Cocktail an die Bar zurückzog.

Dort angekommen waren jedoch alle Mitarbeiter beschäftigt, weshalb ich mir die Zeit mit Beobachten vertrieb. Ich war an einem tanzenden Paar hängengeblieben, das sich eindeutig zu heftig befummelte, als sich eine dunkle Gestalt zu mir an den Tresen gesellte, die Augen studierend auf die Getränkeauswahl der Bar gerichtet.

„Kyle, ich wusste gar nicht, dass du auch kommst. Hast du Cat mitgebracht?“ Ich lächelte dem Rodeo-Champion zu, der seit wenigen Wochen mit Cat zusammen war, und auch wenn ich es vor ihr nie erwähnen würde, aber mit seinen dunklen Haaren, der männlichen Statur und dem markanten Gesicht sah er verdammt gut aus.

Ich war schon beinahe etwas eifersüchtig, so ein Sahneschnittchen war er, gleichzeitig gönnte ich ihr das Glück aber. Während ich selbst nie wirklich Zeit für Männer gehabt hatte, hatte sie ihre große Liebe gefunden, und auch wenn es auf meinem 21-jährigen Lebenspfad schon einige Flirts und einen festen Freund gegeben hatte, so war es doch nie etwas Ernstes gewesen.

Außerdem würde ich meine Mutter niemandem als Schwiegermutter zumuten wollen, so gemein das auch klang. Wie sollten zukünftige Kaffeekränzchen mit ihr denn auch aussehen? Neben Kaffee und Kuchen würden Wodka und Wein serviert und anstatt netter Worte flogen die Teller, weil sie wieder einen Wutausbruch bekam?

Nein, da wartete ich lieber, bis ich mir eine Therapie für sie leisten konnte – auch wenn sie davon nichts hören wollte. Jedes Mal, wenn ich auch nur das Wort

Therapie in den Mund nahm, holte sie schon mit der Flasche aus, doch wenn ich das Geld erst einmal zusammenhatte, würde mich keine Macht der Welt daran hindern, sie dorthin zu schleifen. Meine Hilfsbereitschaft und Aufopferung in allen Ehren, aber irgendwann musste sie wieder auf eigenen Beinen stehen - irgendwann musste ich endlich anfangen zu leben.

Schließlich hatte ich auch Träume, nicht nur berufliche. Ich wollte sorgenlos sein, nach Italien und Paris reisen und berühmte Kunstwerke wie die *Mona Lisa*, das *Abendmahl* oder *Die Erschaffung Adams* bestaunen und exotische Kontinente bereisen. Aber vor allem wollte ich mich verlieben, unsterblich, bis ich das Gefühl hatte, an meiner eigenen Liebe zu ersticken.

Kyle drehte den Kopf zu mir und maß mich mit einem Blick, als könnte er mich nicht zuordnen, dann lächelte er matt.

„Hey, nein, ich bin allein." Irgendwie kam er mir seltsam vor. Für gewöhnlich strahlte er eine Energie und gute Laune aus, die ansteckend war, aber gerade hatte er etwas … Düsteres an sich. Vielleicht hatte er private Probleme.

„Hätte mich auch gewundert, soweit ich weiß, veranstalten sie und Tara ihren berühmten monatlichen DVD-Abend."

Damit bediente ich mich am salzigen Gebäck, das auf dem Tresen stand. Als ich wieder zu Kyle schaute, lächelte er nur, als wüsste er nichts darauf zu erwidern, und das wollte so gar nicht zu seinem sonst so sonnigen Gemüt passen. Ich kannte ihn seit der Grundschule und hatte schon so einige Feten mit ihm getanzt, deshalb sah ihm diese plötzliche Schweigsamkeit auch überhaupt nicht ähnlich.

Endlich war ein Barkeeper frei und erkundigte sich nach unseren Getränkewünschen. Als er wieder abrückte, rutschte ich näher an Kyle heran.

„Ist alles in Ordnung? Du machst so einen abweisenden Eindruck."

Auf meine Frage hin schnalzte er mit der Zunge, nippte an seinem Getränk und sah mich dann genervt an. „Ach, scheiß drauf … ich bin gar nicht Kyle."

Verständnisloses Blinzeln war alles, was ich zustande brachte, bevor ich mich wieder fing.

„Was soll das heißen, du bist nicht Kyle?!"

„Na, was es eben heißt. Ich bin sein Zwillingsbruder und es fällt mir offenbar immer schwerer, das geheim zu halten.

Hör zu, Kleine, am Anfang war es ja noch ganz lustig, für meinen Bruder gehalten zu werden und du scheinst die Einzige in diesem Dorf zu sein, die etwas davon versteht, ordentliche Partys zu schmeißen, aber mittlerweile werde ich von allen Seiten vollgequatscht und das nervt gewaltig. So gerne ich mich also mit dir unterhalten würde, aber … ich will es nicht."

Damit ließ er mich an der Bar sitzen und zog davon. Okay, war ich schon betrunken, oder hatte der Typ gerade ernsthaft behauptet, Kyles Zwillingsbruder zu sein – von dem ich, nebenbei bemerkt, noch nie etwas gehört hatte?

Ich starrte ihm hinterher, wie er sich in seinen dunklen Sachen einen Weg durch die Menge bahnte, und klammerte mich an mein Getränk, als könnte es mir Halt geben.

Offenbar sagte er aber die Wahrheit, denn mit meinem netten Kumpel hatte er wirklich nichts gemein.

Nachdem ich meine Überraschung überwunden hatte, kehrte ich zu meinen Leuten zurück und nahm mir vor, Cat zu einem späteren Zeitpunkt darüber zu befragen.

Kyles Bruder musste neu in der Stadt sein, denn Zwillinge gab es nicht in Edlyn Hill – außerdem war ich gespannt, wo der mysteriöse Doppelgänger so plötzlich herkam.

3

Meine Schicht begann um 6 Uhr morgens und anders als scherzhaft angenommen, musste ich weder ein aufreizendes Hausmädchenkostüm tragen noch in sonst eine Uniform schlüpfen. Die einzige Bestimmung war, bequeme und saubere Schuhe zu tragen und die Haare zurückzubinden – vor allem in der Küche.

Meine Kollegin Lily, die mit vollem Namen Liliana hieß, war nur vier Jahre älter als ich und arbeitete jetzt seit drei Jahren bei den Hawkeys. Anfangs hatte sie nur gelegentlich geputzt, um sich neben der Schule etwas dazuzuverdienen, war dann aber irgendwann in die Vollzeitanstellung gewechselt. Bei dem Gehalt kein Wunder.

Wie ihre ältere Kollegin Emilia war auch Lily Italienerin und sprach mit einem leichten Akzent. Sie hatte pechschwarzes Haar, das zu einem Pferdeschwanz gebunden war, dunkelbraune Augen und volle, geschwungene Lippen. Hinzu kamen beneidenswert glatte Haut und ein ebenmäßiger Teint.

Sie führte mich durchs Haus, machte mich mit den Haushaltsgeräten und Putzmitteln vertraut und führte sie mir vor. Es gab einen separaten Waschraum im Keller, eine Abstellkammer für das Hygiene-Equipment und einen Aufenthaltsraum für das Personal.

„Natürlich können wir uns frei im Haus bewegen, aber ständig unter Leuten zu sein, kann auch anstrengend werden, und wenn man seine Ruhe haben möchte, kann man sich dorthin zurückziehen“, erklärte sie mit ihrer angenehmen Stimme. Ich mochte sie, genau wie ihrem Akzent, dem ich den ganzen Tag lauschen könnte.

„Oh, es ist gleich 7 Uhr. Zeit, Chris zu wecken und ihm seinen Kaffee zu bringen“, fiel es ihr eine knappe Stunde später ein.

Ich war gerade dabei, Käse- und Wurstplatten zu garnieren, während sie den Tisch deckte, und hielt überrascht inne.

„Ich soll ihn wach machen? Hat er denn keinen Wecker?“

„Doch, aber er überhört ihn gerne. So diszipliniert er in allem anderen auch ist, aber in der Hinsicht ist er einfach unverbesserlich.“ Ihre Augen funkelten amüsiert, als erinnerte sie sich an eine dies betreffende lustige Szene.

Also bereitete ich den Kaffee zu und machte mich in die erste Etage auf, um, mit einem kleinen Tablett beladen, an seine Tür zu klopfen. Lilys Worten nach glaubte ich zwar nicht, dass er darauf reagierte, aber ich wollte auch keinen nackten Chris im Zimmer herumlaufen sehen, sollte er wider Erwarten schon wach sein - wobei das sicherlich kein schlechter Anblick wäre.

Grinsend musste ich an seine gestrige Annäherung denken, die zwar nur gespielt war, mir aber immer noch Gänsehaut verursachte. Kein Zweifel also, ein nackter Chris würde mir *sehr* gefallen!

Fast schon enttäuscht nahm ich beim Eintreten aber zur Kenntnis, dass er unter der Decke lag und diese nur einen Teil seines Oberkörpers entblößte.

Dunkelbraune, schwere Vorhänge sperrten die Sonne aus, und als ich sie zur Seite zog, um das Licht hereinzulassen, fühlte ich feinste Seide unter meinen Fingern. Wie es sich wohl anfühlen musste, darin eingewickelt zu sein?

Ich warf einen Blick auf Chris, dessen Gesicht mir zugewandt war. Sein Brustkorb bewegte sich gleichmäßig auf und ab und das milde Lächeln ließ einen friedlichen Traum vermuten.

Ich wettete, sein Bettbezug war von nicht minderer Qualität und überhaupt war diese Villa die reinste Luxusoase.

Es müsste verboten sein, so viel Wohlstand auf einen Fleck zu häufen, denn es hielt mir vor Augen, was ich nie würde haben können und machte eigentlich nur depressiv.

Ich hatte es so satt, in einem heruntergekommenen Haus zu wohnen, in das man keine Freunde einladen konnte, weil allein schon die Alkoholschwaden sie betrunken machen würden.

Hatte es satt, vor lauter Arbeit und Büffeln nicht mit dem Putzen hinterherzukommen, denn neben den zwei Etagen musste ich auch noch unseren Garten instand halten. Und ich hatte es satt, mir keine Annehmlichkeiten leisten zu können, weil ich jeden Cent für die Suchtherapie sparen musste.

Sicher, Geld und Glamour waren nicht alles, aber, verdammt, wenn ich das hier sah, dann wollte ich mich am liebsten an das Anwesen klammern und es nie wieder verlassen.

War es denn so verwerflich, auch etwas Luxus für sich haben zu wollen? Seufzend ließ ich den seidenen Stoff los und stellte das Tablett auf den Nachtisch neben das Bett.

Chris' Zimmer war in dunklen, warmen Farben gehalten, die perfekt aufeinander abgestimmt waren. Dunkelbraunes Parkett, ein gold-brauner Teppich, auf dem ein gewaltiges Bett stand, schokoladenfarbene Wände, die aussahen, als hoben sie sich in großen Kacheln von der Wand ab und ein gewaltiges Wandbild über dem Bett, dessen hellbrauner Hintergrund mit schwarzen Tiermalereien verziert war.

Der goldene Kronleuchter und das angrenzende halb offenstehende Bad, das genauso prunkvoll war, setzten dem Ganzen die Krone auf.

Ich war so überwältigt von der Ausstattung, dass ich mich einen Moment lang ganz dem Staunen hingab, zumindest so lange, bis mein Blick zu Chris schwenkte … der mich verwirrt anstarrte.

Ich war von Natur aus kein schreckhafter Mensch, zum Glück, sonst hätte ich jetzt wohl einen hollywoodreifen Schrei ausgestoßen, denn ich fühlte mich wie in einer Horrorszene, in der der vermeintlich Tote noch einmal die Augen aufschlägt, um sein Werk ein für alle Mal zu beenden. Dementsprechend hastig pumpte auch mein Herz.

„Was machst du da?“, fragte er schlaftrunken und richtete sich in eine sitzende Position auf. Die Decke rutschte ihm bis auf die Hüften und entblößte seinen nackten Oberkörper.

„Tut mir leid, ich … war nur von deinem Zimmer fasziniert …“, sagte ich und schloss meine Umgebung mit einer Geste ein.

„Also … da ist jedenfalls dein Kaffee, schwarz, wie du ihn magst.“

Ich deutete auf den Nachttisch, und er schaute seitlich an sich herab.

„Danke.“ Er fuhr sich mit der Hand durchs Haar, ohne zu ahnen, wie absolut betörend diese Geste auf mich wirkte, und schenkte mir einen undurchdringlichen Blick. Er glaubte doch wohl nicht, dass ich ihn bestehlen wollte, oder?

„Kann ich sonst noch etwas für dich tun?“ Mein Puls

schlug mir bis zum Hals, doch ich registrierte auch, wie der Schreck allmählich aus meinen Gliedern wich und ein leises Kribben hinterließ.

„Erst mal nicht, sag Lily bitte, dass ich in einer halben Stunde am Frühstückstisch bin. Ich esse heute Rührei."

Nickend zog ich mich aus seinem Zimmer zurück, und während ich die Treppe hinunterlief, versuchte ich, seinen Ton zu analysieren. Hatte er verärgert geklungen und war er mir jetzt böse, weil ich in seinem Zimmer herumgeschlichen war? Andererseits hätte ich ihn ja ohnehin wecken müssen und wirklich sauer hatte er auch nicht gewirkt, eher überrascht.

In der Küche angekommen informierte ich Lily über seine Wünsche, und als wir eine halbe Stunde später zum Essen riefen, kam auch Catherine an den Tisch.

Sie trug ein sommerliches Kleid und hatte die Haare hochgesteckt, während er in dunkler Jeans und hellem Shirt erschien.

Seine dunkle Haarpracht war nun ordentlich frisiert und dem frischen Duft nach zu urteilen, der ihm anhaftete, kam er wohl direkt aus der Dusche. Cat gab mir einen flüchtigen Kuss auf die Wange, setzte sich aber nicht sofort an den Tisch, sondern blieb neben mir stehen.

„Gib her, ich mach das schon." Sie machte Anstalten, mir die Kanne abzunehmen, die ich soeben an den Tisch bringen wollte, doch ich schüttelte den Kopf und begegnete Chris' Blick, der uns stirnrunzelnd beobachtete.

„Ich bin hier das Hausmädchen, schon vergessen?“, raunte ich ihr zwischen zusammengepressten Zähnen zu und schob mich an ihr vorbei. Offensichtlich behagte es ihr nicht, von mir bedient zu werden, aber das hätte sie sich früher überlegen müssen.

Heute war mein erster Arbeitstag und da musste ich Lily und Chris von mir überzeugen – das funktionierte aber nicht, wenn Cat mir dazwischen funkte. Chris‘ strenge Blicke schienen mich ohnehin auf Schritt und Tritt zu verfolgen.

„Was sollte das eben werden? Wolltest du unserem Hausmädchen ernsthaft bei der Arbeit helfen?“, fragte Chris, kaum dass sich Cat zu ihm gesetzt hatte. Ich drehte ihnen den Rücken zu und schnitt mit gespitzten Ohren das Obst klein.

„Entschuldige bitte? Maggy ist meine Freundin und sprich nicht so von oben auf sie herab, als wäre sie eine Sklavin!“, hörte ich sie schimpfen. Bei dem Wort *Freundin* breitete sich ein warmes Kribbeln in mir aus.

Ich glaube, mich hatte noch nie jemand verteidigt und im selben Atemzug als Freundin bezeichnet. Ich wurde oft Maggy, die *Organisatorin*, oder Maggy, die *Partyqueen* genannt, aber Freundin? – das war eine Premiere!

Chris seufzte. „So war das natürlich nicht gemeint. Aber wenn du ihr die Arbeit abnimmst, brauche ich sie nicht zu bezahlen!“

Ich servierte ihnen das fertig geschnittene Obst und

sah Cat mit der Zunge schnalzen, doch sie enthielt sich eines Kommentars und fragte ihn stattdessen nach einem neuen Projekt der Firma, womit das Thema erledigt war.

Seitdem ihr Vater vor fünf Jahren aus der Firmenleitung zurückgetreten war, leiteten Chris und Samuel die Schokoladenfabrik. Von der Herstellung und Vermarktung über den Vertrieb bis hin zur Neuentwicklung.

Natürlich hatten sie eine Menge Mitarbeiter unter sich, aber die Verantwortung lastete allein auf ihren Schultern. Ich konnte mir gut vorstellen, dass es puren Stress für Chris bedeuten musste, wenn sein Bruder nicht da war.

Umso mehr erstaunte es mich, dass er sich für so etwas Einfaches wie dem Frühstücken mit seiner Schwester Zeit nahm. Ehrlich, da gab es Menschen, die ganz anders tickten und nicht annährend so erfolgreich waren wie er.

Als Cat neben mir war, sprach ich sie auf Kyles Zwillingsbruder an und an ihrer Reaktion fand ich meinen Eindruck von ihm sofort bestätigt.

„Halt dich bloß von Shane fern, er ist unberechenbar und nicht ganz ungefährlich."

Überrascht runzelte ich die Stirn. Dass er nicht der Netteste war, hatte ich schon während unseres Gespräches bemerkt, aber gefährlich?

„Warum? Was hat er angestellt und wo kommt er überhaupt her?"

„Direkt aus dem Knast. So richtig will Kyle nicht mit dem Grund rausrücken, aber … nun ja, er war im Gefängnis, es kann also nichts Gutes gewesen sein, oder?“, sagte Cat verschwörerisch.

„Hm“, machte ich und wandte mich wieder meiner Arbeit zu. Konnte es sein, dass sich in letzter Zeit die eigenartigsten Vorfälle in Edlyn Hill ereigneten?

Erst der versuchte Mord an Samuel Hawkey und jetzt ein aus dem Knast gekommener Zwillingsbruder … dabei hatte ich Edlyn Hill immer für friedlich gehalten.

4

Die ersten zwei Wochen vergingen wie im Flug, und im Haushalt brauchte ich schon längst keine Anweisungen mehr. Ich säuberte das Haus, bereitete mit Lily das Frühstück vor, kaufte Lebensmittel und Putzutensilien ein, fuhr Chris‘ Anzüge in die Reinigung und trat am Nachmittag meinen Feierabend an.

Meine Arbeit wurde nie langweilig und war wunderbar abwechslungsreich, weshalb es mir auch nichts ausmachte, hin und wieder Spätschichten zu schieben.

„Ich mag es nicht, wenn du Spätschichten schiebst“, bemerkte Mom, als ich am Nachmittag angezogen die Treppe herunter kam. Wie üblich saß sie vor dem Fernseher – ich weiß ehrlich nicht, wann sie das letzte Mal an einer anderen Stelle gelegen hatte – und beäugte mich misstrauisch.

„Warum? Es bringt gutes Geld ein und außerdem habe ich sowieso nichts Besseres zu tun.“

Die Alternative wäre, den Abend mit ihr zu verbringen, und darauf konnte ich getrost verzichten. Das sagte ich natürlich nicht laut, aber ihren Blicken nach zu urteilen brauchte ich das auch gar nicht. Meine Gedanken schienen gut leserlich auf meiner Stirn zu stehen.

„Schon klar, warum du das machst. Du schämst dich für mich und willst so wenig Zeit wie möglich mit mir verbringen“, sagte sie und hob gleichgültig die Schultern. Ich wusste es allerdings besser. Meiner Mutter war gar nichts gleichgültig … andernfalls würde sie auch kaum an der Flasche hängen, oder?

„Außerdem sollte ein junges Mädchen nicht um diese Uhrzeit mit dem Fahrrad unterwegs sein.“

Mein Blick fiel auf die angefangene Flasche zu ihren Füßen, von der ich sicher war, dass es eine andere Sorte war als gestern.

Allmählich nahm ihr Konsum überhand, sofern man das bei einer Alkoholikerin überhaupt noch steigern konnte, und das fiel mir nicht zum ersten Mal auf. Wütend und angewidert darüber wandte ich den Blick ab. Ich musste hier raus, sofort!

„Ich bin mittlerweile 21 Jahre alt und kein kleines Kind mehr, deine Sorge ist unnötig. Ich muss jetzt los.“

Damit verließ ich fluchtartig das Haus und kaum war die Tür hinter mir zugefallen, drängten sich Tränen in meine Augen. Ich ließ sie nur flüchtig zu, erlaubte jedem Auge, ein paar Tropfen zu verlieren, und wischte sie dann trocken.

Es war grausam, so zu denken, ich weiß, und natürlich hatte meine Mutter recht, aber die Wahrheit war, dass ich lieber Spätschichten schob, als den ganzen Abend mit ihr zusammenzuhocken. Ich konnte das einfach nicht, es machte mich krank. Bei den Hawkeys konnte ich - trotz oder gerade wegen der Arbeit - entspannen und meine privaten Pflichten für wenige Stunden vergessen.

Die Temperaturen waren mild, der Wind angenehm auf der Haut, und wenn die Sonnenstrahlen mich trafen, hinterließen sie ein wohlig warmes Gefühl. Es war allerdings nur von kurzer Dauer, denn immer wieder schoben sich kleine Wolken vor die Sonne, nur um ihr Sekunden später wieder Platz zu machen.

So wechselte der Lichteinfall im Minutentakt und gab mir das Gefühl, über meinem Kopf würde ein lautloser Kampf der Himmelsmächte ausgefochten.

Ich konzentrierte meinen Blick wieder auf die Straße und ihre weißen Gebäude, die trotz der einheitlichen Farbe jedes auf seine Weise einzigartig waren. Die öffentlichen Bauten waren mit wunderschönem Stuck verziert, während die privaten Häuser von Antennen, Wäscheleinen und gepflegten Vorgartenblumen geziert wurden.

Diese persönlichen Dekorationen brachten aber keineswegs Unruhe in das harmonische Bild, sondern machten den Charme der Stadt erst aus, fand ich.

Charakteristisch für Edlyn Hill war auch das viele Grün, das es so geballt in Kansas nur selten gab und diesem Ort etwas Verwunschenes und Exotisches gab. Bei den Hawkeys angekommen bezogen Lily und ich zuerst die Betten. Chris war in der Firma und Cat hatte das Haus ebenfalls verlassen. Da wir Ferien hatten, nahm ich an, dass sie mit Tara unterwegs war.

Kurz verspürte ich einen Anflug von Eifersucht, denn nichts hätte ich lieber getan, als mit ihnen durch die Stadt zu ziehen, aber dann rief ich mir in Erinnerung, wofür ich das Opfer brachte und verbannte das enttäuschte Stechen in der Brust. Immerhin sorgte ich hier für meine Zukunft, wenn auch anders als man es für gewöhnlich tat.

Während andere für ein Auto oder ihre erste Wohnung sparten, kratzte ich mein Geld eben für eine Suchttherapie zusammen, aber am Ende würde ich für Moms Unabhängigkeit sorgen und somit für meine eigene Freiheit.

Das war schon ziemlich motivierend. Außerdem machte das Putzen hier unheimlich viel Spaß, besonders mit einer so netten Kollegin wie Lily, die, ganz wie Cat, viel und gern plauderte.

Mit ihren 25 Jahren hatte sie schon ein vierjähriges Mädchen, Rose, und an manchen Wochentagen, wenn sich Lilys Mutter nicht um Rose kümmern konnte, nahm sie sie zu den Hawkeys mit und sie spielte mit Cat oder half beim Putzen. War das nicht niedlich?

Rose half ihrer Mutter mit großer Leidenschaft - vielleicht sogar *zu* leidenschaftlich.

Ihr größter Traum war es nämlich, Hausmädchen zu werden, und das nicht irgendwo, sondern in einem großen Schloss, wie ihre Mutter, in dem jeder Raum mit Schokolade gefüllt war. Und das war nicht einmal übertrieben, denn wohin man auch sah, war die berühmte Schokolade des Hauses zu finden.

Sie schien hierherzugehören wie die Einrichtung, schmückte den Esstisch, die Kommoden und Vitrinen. Schön, wenn Kinder noch so bescheiden waren, die Berufe allein wegen ihrer Funktion ausüben zu wollen.

Ich hatte zum Beispiel immer Feuerwehrfrau, Ärztin oder Busfahrerin sein wollen.

Alles Beschäftigungen, bei denen man anderen Menschen half. Mit dem Alter verflüchtigte sich dieses Interesse allerdings und plötzlich war es wichtiger, Geld zu verdienen. Nicht, dass ich das jemandem vorhalten wollte – ich wollte es ja schließlich auch – aber rührend war die kindliche Bescheidenheit trotzdem.

Diese jedoch in allen Ehren, denn Lily hatte andere Pläne für ihre Tochter.

Sie wollte, dass Rose studierte und dabei hatte sie die volle Unterstützung von Samuel, der ihr bereits ein bezahltes Stipendium zugesagt hatte. So gut es bei mir mit der Arbeit lief, so schlecht erging es meiner Mutter.

Von Zeit zu Zeit, und nun schien es wieder so weit zu sein, verfiel sie den Depressionen, und dann trank sie in hohen Maßen. Wahrscheinlich lag es daran, dass ich in letzter Zeit so selten zu Hause war und ihr damit der soziale Kontakt fehlte. Aber so gern ich ihr auch helfen würde, ich konnte es nicht. Wir brauchten jeden einzelnen Cent, den ich bei den Hawkeys verdiente, und außerdem war da ein kleiner egoistischer Teil in mir, der den Abstand zu meiner Mutter genoss.

Sicher, ich tat viel für sie, ich konnte wohl kaum als egoistisch bezeichnet werden, aber gegen das schlechte Gewissen kam ich trotzdem nicht an.

So musste sich eine Mutter von vielen Kleinkindern fühlen, die ihre Babys zwar über alles liebte, aber an manchen Tagen nichts gegen einen kleinen Urlaub auszusetzen hätte.

Deshalb beschloss ich, einen Tag der Woche meiner Mutter zu widmen und mich mit ihr zu beschäftigen, was letztendlich nichts anderes bedeutete, als mit ihr auf dem Sofa zu sitzen und fernzusehen.

Das konnte mitunter ziemlich unterhaltsam sein, aber lange hielt ich es vor dem Fernseher nicht aus. Ich konnte nichts dafür, aber mich überkam immer das Gefühl, meine Zeit zu verschwenden, kostbare Zeit, in der ich Geld verdienen, die Natur bestaunen, lernen oder etwas anderes tun konnte, das mich im Leben weiterbrachte.

Deshalb endeten die gemeinsamen Sofa-Abende auch oft im Streit. Mom verstand einfach nicht, warum ich es in ihrer Nähe nicht aushielt.

„Mal überlegen, vielleicht weil du dich ununterbrochen zuschüttest und damit dein Leben zerstörst?!“, rief ich und sprang vom Sofa auf. Ich war froh, dass unser Haus keine unmittelbaren Nachbarn hatte und abseits der Straße stand. Andererseits hätte ich Moms Sucht nie so lange geheim halten können – nicht bei der Lautstärke, in der wir uns stritten.

Wütend sah sie mich an, bereit, eine schnippische Antwort zu geben, doch wie immer, wenn sie keinen anderen Ausweg sah – und ich hasste es, wenn sie das tat – änderte sie ihre Taktik. Traurig senkte sie den Blick, und ich wünschte, ich hätte einfach die Klappe gehalten.

„Zerstören? Mein Leben war in dem Moment zerstört, als dein Bruder gestorben ist, Maggy. In meinem Bauch! Kannst du dir auch nur ansatzweise vorstellen, wie grauenvoll das für eine Mutter ist?“

Sie blickte zu mir auf, in ihren tränenverschleierten Augen funkelte ein bitterer Zorn – der nicht mir galt, da war ich mir sicher – aber der einen Schuldigen suchte.

„Nein, kannst du nicht“, beantwortete sie sich ihre Frage selbst.

„Du redest lieber von oben auf mich herab und behandelst mich wie den letzten Dreck, aber du hast keine Ahnung, keine Ahnung, wie es ist, totes Fleisch zu gebären! Er war tot, Maggy, tot wie ein …“

„Hör auf!“ Tränen quollen aus meinen Augen. Wie konnte sie mir das nur jedes Mal antun? Ich war damals vielleicht zu jung gewesen und konnte mir auch jetzt nur ansatzweise vorstellen, wie sie sich gefühlt haben musste, aber das hieß nicht, dass ich nicht ebenfalls litt. Mein Bruder hatte keine Chance bekommen, hatte nie das Licht der Welt erblickt, während ich atmen und leben durfte.

„Warum? Weil du es nicht ertragen kannst? Weil es zu grausam ist? Tja, ich habe es erlebt, meine geliebte Tochter, und das hier …“ Sie hielt die Flasche Hochprozentiges in die Luft. „Ist das Einzige, das mir hilft, es zu ertragen.“

Der dicke Kloß in meinem Hals schnürte mir die Luft ab, dennoch brachte ich die nächsten Worte verständlich heraus.

„Du irrst dich, es gibt noch einen anderen Weg, aber du bist zu stolz, um dir von anderen helfen zu lassen. Was du erlebt hast, ist schrecklich, Mom, aber du bist nicht die einzige Frau auf der Welt. Es gibt viele, die dein Schicksal teilen, und das ist grausam, aber deswegen greifen sie nicht alle zur Flasche.

Und was deinen Vorwurf angeht: Wenn ich dich wie Dreck behandeln würde, warum opfere ich dann jede einzelne Minute meines Lebens für dich? Denkst du, ich bin damit glücklich? Glaubst du, ich habe keine Träume?

Stattdessen gehe für dich arbeiten, bekoche dich, halte das Haus instand und ertrage es, wie du dich langsam, aber sicher in den Tod trinkst. Aber ja, ich bin eine ganz schreckliche Tochter!“

Einen endlosen Moment lang starrten wir uns nur an, beide tränenverschleiert und jede auf ihre Weise verletzt. Ich hasste es, wenn sie das Thema anschnitt und mir damit den Wind aus den Segeln nahm. Denn wie sollte ich mich auch im Recht fühlen, wenn sie mit einer Totgeburt dagegenhielt? Mit keiner Vernunft der Welt kam man dagegen an, und das wusste sie, weshalb sie ihr gesamtes Tun damit rechtfertigte.

Irgendwann drehte ich mich wortlos um und lief die Treppe hinauf, ich hörte aber noch, wie die Lautstärke des Fernsehers aufgedreht wurde. So endete also ein weiterer Tag, den wir gemeinsam hatten verbringen wollen und der in eine Katastrophe ausgeartet war.

Ich fragte mich nicht zum ersten Mal, ob wir überhaupt noch miteinander verbunden waren und was es war, was uns noch zusammenhielt. Da war natürlich der Umstand, dass sie meine Mutter war und damit immer ein Teil meines Lebens sein würde, aber ob unser Band noch so stabil war, das bezweifelte ich.

Vielleicht war es ja längst gerissen und wir hatten es nicht einmal gemerkt.

5

Am darauffolgenden Tag versuchte ich, das Gespräch weitestgehend zu vergessen, wobei mir das Putzen enorm half. Zwar konnte ich den Knoten in der Brust nicht lösen, aber wenigstens schwirrten mir keine Gesprächsfetzen mehr im Kopf herum, wie es an diesem Morgen noch der Fall gewesen war.

Verständlicherweise verspürte ich heute auch keinerlei Eile, nach Hause zu kommen, weswegen ich mich am Ende meiner Schicht auf Cats Sofa wiederfand.

Wir plauderten über die Uni und ihren Freund Kyle, skypten mit Samuel und Liz, die es sich in Thailand gutgehen ließen, und gingen das Fernsehprogramm systematisch nach süßen Kerlen durch, nur um dann besinnungslos von ihnen zu schwärmen und sie untereinander zu vergleichen.

Es war lustig, einfach mal abzuschalten und Blödsinn zu machen, und mir wurde bewusst, dass ich viel zu wenig von diesem Unsinn tat.

Eigentlich bestand mein gesamter Tag darin, entweder das Haus aufzuräumen, einkaufen zu gehen, für die Schule zu büffeln oder arbeiten zu gehen.

Dabei machte das Nichtstun viel mehr Spaß.
Als hätte sie meine Gedanken gelesen, seufzte Cat auf und ihr Blick wurde ernst.
„Ich wünschte, wir könnten mehr Zeit miteinander verbringen. Ich bekomme immer ein schlechtes Gewissen, wenn ich mit Tara weggehe, während du hier putzen musst."
Traurig lächelte ich sie an.
„Ja, das wäre schön, aber du weißt ja, ich muss Moms Therapie bezahlen."
Cat öffnete den Mund, und weil ich ihre nächsten Worte bereits vorausahnte, gebot ich ihr mit einer raschen Geste Einhalt.
„Lass gut sein, Cat. Ich weiß, was du mir anbieten willst, und die Antwort lautet nein. Du hilfst mir schon genug, indem du mir den Job besorgt hast."
Enttäuscht klappte sie den Mund zu, und wir widmeten uns wieder der Schwärmerei und den Chipstüten auf unseren Schößen.
Das machte so viel Spaß, dass ich völlig die Zeit vergaß und erst bemerkte, wie dunkel es mittlerweile geworden war, als sich der Himmel mit einem entfernten Donnergrollen meldete.
„Oh, oh, das sieht gar nicht gut aus", murmelte Cat, beugte sich in dem Sofa nach vorne und spähte aus dem Fenster. Erste Regentropfen schlugen gegen die Fensterscheibe und das so laut, dass man meinen könnte, sie wären so groß wie Murmeln.

Die Bäume wiegten sich in einem starken Wind, und noch bevor ich den Gedanken ans nachhause fahren zu Ende bringen konnte, war aus dem Klacken ein unaufhörliches Trommeln geworden.

Innerhalb von Sekunden hatte sich der Himmel verdunkelt und glich nun dem Inneren eines schwarzen Lochs, das in unregelmäßigen Abständen Blitze ausspuckte.

Unerbittlich schlugen sie in die Erde ein, was meinen Entschluss, den Heimweg anzutreten, kurzzeitig ins Wanken brachte. Doch im ungünstigsten Fall würde das Unwetter stundenlang anhalten und ich hatte hier ohnehin schon zu lange verweilt.

„Das war wohl mein Stichwort, ich gehe besser."

„Bist du sicher? Das sieht heftig aus."

„Ach", sagte ich mit einer wegwerfenden Handbewegung. „Ich habe schon schlimmeren Regen erlebt und ein bisschen Niederschlag hat noch niemandem geschadet." Ungläubig verzog meine Freundin das Gesicht und stand mit mir auf.

„Regen? Das ist das reinste Unwetter da draußen! Ehrlich, du holst dir noch den Tod, wenn du jetzt das Haus verlässt." Als hätte ich es nicht längst gesehen, deutete sie energisch aus dem Fenster und auf die zuckenden Blitze am Himmel, die ihn wie ein Diskolicht beleuchteten.

Ich lachte wegen ihrer schamlosen Übertreibung, befand aber, dass sie zumindest mit dem Unwetter recht hatte.

Nach gewöhnlichem Regen sah das nun wirklich nicht mehr aus, aber sterben würde ich auf meinem zehnminütigen Heimweg sicher nicht. Ich hätte mir zu ihrer Beruhigung ja ein Taxi gerufen, doch so etwas gab es in Edlyn Hill nicht, und bis eines aus dem einstündig entfernten Chicago angereist wäre, war das Unwetter sicher längst vorbei.

Abgesehen davon konnte ich mir ein Taxi aus Chicago gar nicht leisten. Was sollte das auch kosten? 200 Dollar?! Doch als hätte Cat meine Gedanken gelesen, schlug sie mir genau das vor: „Wenn du nicht hierbleiben willst, rufe ich dir ein Taxi, das ist mir egal. Aber du wirst keinen Fuß da raus setzen!"

Wenn sie Tara gewesen wäre, hätte ich vielleicht nachgeben, denn anders als Cat hatte Tara etwas Dominantes, aber auch Charmantes an sich, dem man sich nur schwer entziehen konnte. Cat war da eher sanfter gestrickt, weswegen mich ihr Ton auch nicht sonderlich einschüchterte.

„Das lässt du schön bleiben. Ich lass doch nicht zu, dass du so viel Geld zahlst, nur damit ich nicht im Regen fahren muss! Es sind doch nur zehn Minuten."

Ich zog meine Strickjacke über, genoss das flauschig warme Gefühl auf der Haut und knöpfte sie bis zum Anschlag zu. Cat warf derweil einen unbehaglichen Blick aus dem Fenster.

„Dann bleib doch wenigstens, bis es vorbei ist", beschwor sie mich, doch ich hatte mir bereits die Handtasche über die Schulter geworfen.

Das konnte ich nicht, meine Mutter fürchtete sich vor Unwetter. Und Angstzustände und Alkohol waren bekanntlich keine gute Mischung.

Wie beim letzten Glockenschlag für Cinderella war es also auch für mich an der Zeit zu gehen, denn sie stand wahrscheinlich gerade Todesängste aus, da konnte ich das Unwetter nicht einfach aussitzen.

„Das kann ich nicht, Cat, wir sehen uns morgen, in Ordnung?“

Meine Antwort war endgültig und ihrem resignierten Seufzen nach zu urteilen hatte sie das auch endlich begriffen. Eilig schlüpfte ich in meine Turnschuhe, warf noch einen Blick zum aufleuchtenden Himmel und gab Cat einen Kuss auf die Wange, als Chris in den Eingang gelaufen kam.

Ein todschickes Hemd und eine seidige, schwarze Hose spannten sich über seinen Körper, und er wirkte gehetzt, als er die Manschettenknöpfe seiner Ärmel schloss. Als er fertig war und den Kopf hob, blieb er abrupt stehen, als hätte er uns erst in diesem Moment wahrgenommen.

„Maggy, du bist immer noch hier?“

Überrascht sah er von mir zum Fenster, und ich erinnerte mich, dass es beim Mittagessen gewesen war, als ich ihn das letzte Mal gesehen hatte.

Er machte schon den ganzen Tag einen unruhigen Eindruck, hatte sich immer nur flüchtig am Esstisch blicken lassen und war dann wieder ins Büro verschwunden.

Und diese Hektik schien ihn auch jetzt noch umzutreiben. Wäre ich doch schon vor zehn Minuten gefahren, dachte ich mir, dann wäre ich vielleicht noch mit einem leichten Schauer davongekommen. Jetzt konnte ich froh sein, wenn ich auf dem Heimweg nicht ertrank!

„Ich wollte gerade gehen", ließ ich ihn wissen und näherte mich der Tür, doch er reagierte genauso wie seine Schwester.

„Bei dem Wetter?" Ungläubig schlüpfte er in seine Jacke, und ich musste mich spontan fragen, warum er in dunklen Sachen eigentlich so zum Dahinschmelzen aussah. Die Farbe der Nacht schien wie für ihn gemacht zu sein und setzte seine Figur nur noch mehr in Szene. Verboten müsste es an ihm sein!

„Ich wollte ihr ja ein Taxi rufen, aber entsetzlich bescheiden, wie sie ist, fährt sie lieber mit dem Fahrrad!", empörte sich Cat. Belustigt sah ich zu ihr.

„Und ich weiß deine Großzügigkeit wirklich zu schätzen, aber es macht mir nichts aus, im Regen zu fahren, ehrlich."

Ihrem Blick nach zu urteilen hatten wir gravierend unterschiedliche Vorstellung von der Bedeutung *Regen*, doch eigentlich zog ich sie nur auf und das wusste sie auch.

Cat war eine chronische Helfe-Elfe, und wenn man nicht achtgab, schenkte sie einem Klamotten, lud einen dauernd ins Kino ein oder ließ einen gleich bei sich wohnen. Sie konnte nichts dafür, es war für sie nur offenbar unerträglich, wenn andere es schlechter hatten als sie und dann fühlte sie sich dazu verpflichtet, ihnen zu helfen. Ich glaube, am liebsten würde sie das gesamte Vermögen ihrer Familie auf die Bewohner Edlyn Hills aufteilen, und das war auch sehr lobenswert, aber ich war jemand, der Hilfe nur schwer annehmen konnte.

Und wie konnte man es mir auch verübeln? Seit meinem 13. Lebensjahr war ich auf mich gestellt und daran hatte sich bis heute nichts geändert. Ich war nun wirklich niemand, dem man unter die Arme greifen musste, und genau so wollte ich es beibehalten.

Hätte ich nicht bei ihr, sondern bei einer gewöhnlichen Familie gearbeitet, hätte man mir schließlich auch kein Taxi gerufen. Warum sollte ich diesen unnötigen Luxus also in Anspruch nehmen, nur weil sie reich waren?

Doch in meiner Gutgläubigkeit hatte ich nicht an Chris gedacht, der es zwar liebte, seine Schwester zu ärgern, sich in den meisten Fällen aber auf ihre Seite stellte.

„*Dir* mag es vielleicht nichts ausmachen, in diesem Sturm nach Hause zu fahren, aber ich will ungern ein zweites Hausmädchen verlieren“, mischte er sich unerwartet ein.

Er warf einen Blick auf seine Armbanduhr, die wahrscheinlich mehr gekostet hatte als mein Haus – schnalzte mit der Zunge und sah dann wieder zu mir.

„Komm, ich fahre dich."
Ohne mein Einverständnis abzuwarten, lief er zur Tür und hielt sie mehr fordernd als bittend auf, sodass ich nur hilflos zu Cat schauen konnte.

Ihrem selbstzufriedenen Blick nach zu urteilen hatte ich jedoch keine andere Wahl, als seinem *Wunsch* nachzukommen, also gab ich mich den Geschwistern geschlagen und trat ins Freie.

„Was ist mit meinem Fahrrad?", fragte ich und betrachtete skeptisch seinen Sportwagen. In dem kleinen Ding würde es doch niemals Platz finden.

„Das muss hierbleiben, ich lasse es dir nach Hause schicken, wenn du willst."
Doch ich schüttelte den Kopf, diese Umstände waren nun wirklich nicht nötig.

„Nein, lass nur, dann komme ich morgen einfach mit dem Bus."
Zügigen Schrittes eilten wir über das Grundstück und wurden auf unserem kurzen Weg regelrecht von den Regentropfen erschlagen. Erbarmungslos prasselten sie auf uns ein, begleitet von peitschendem Wind und eisiger Kälte, die sich durch meine Sachen fraß. Als wollte das Wetter uns mit allen Mitteln daran hindern, unser Ziel zu erreichen.

Selbst meine Strickjacke konnte mir keinen Schutz bieten, was mich aber nicht davon abhielt, mich tief darin einzuwickeln.

Pitschnass und mit Dellen in der Haut – so fühlte ich mich jedenfalls - stiegen wir ins Auto und fuhren los.

Chris schaltete die Klimaanlage ein und Augenblicke später wurde mir warme Luft um die Ohren gepustet, was ich nur allzu sehr begrüßte.

„Hast du etwas dagegen, wenn ich das Radio anmache?" Chris hatte meine Adresse ins Navi eingegeben und ließ sich von einer angenehmen Frauenstimme leiten.

Ich schüttelte den Kopf und schnaubte innerlich. Als ob ich es wagen würde, meinem Chef eine Bitte abzuschlagen. Außerdem wäre das mehr als unhöflich, da er sich schon die Umstände machte und mich nach Hause fuhr.

Er schien nicht der gesprächige Typ zu sein, denn diese Worte blieben vorerst die Letzten, die er von sich gab. Womöglich war er aber auch nur in Gedanken an sein bevorstehendes Meeting, überlegte ich mit einem Blick auf seine elegante Kleidung.

Seine Augen waren starr auf die Straße gerichtet, sollte er meine gelegentlichen Seitenblicke bemerken, so ließ er es sich nicht anmerken.

Ich wusste, ich sollte das lassen – so zu starren war unhöflich – doch ich konnte es einfach nicht lassen, zu ihm hinüber zu schmulen und sein Profil zu bewundern.

Er sah einfach zu gut aus in seinem Outfit - und diese Wangenknochen! Ein bisschen ähnelte er Ian Somerhalder, nicht ganz so markant in den Gesichtszügen, aber mit einem Blick, der mindestens genauso betörend war.

Er war ein Mann, dem man jeden Wunsch erfüllen wollte - wenn man denn so töricht war und ihm ins Netz ging - und jemand, nach dem man bestimmt süchtig werden würde, wenn man einmal von ihm probiert hatte.

Eigentlich wie *Hawkey Schokolade*, wurde mir bewusst. Einmal davon gekostet ließen einen die köstlichen Kreationen der Familienschokolade nicht mehr los, und so war es auch mit den Hawkey-Kindern.

Jedes war auf seine Weise etwas Besonderes und absolut begehrenswert. Samuel wegen seiner Gutmütigkeit, Catherine wegen ihrer charmanten, aber frechen Art und Chris wegen seines betörenden Aussehens. Sie drei waren die edelste Schöpfung ihrer Eltern, die Krönung der *Chocolate Company*, und sie waren sich dessen nicht einmal bewusst.

Geistesabwesend sah ich aus dem Fenster und betrachtete die hinabwandernden Regentropfen auf der Scheibe, die sich immer wieder neue Wege bahnten. Fast fühlte ich mich an mich selbst erinnert, denn ähnlich wie die Wasserperlen bahnte auch ich mir immer wieder einen Weg durchs Leben.

Mir waren schon viele Steine in den Weg gelegt worden, aber ich hatte es immer wieder geschafft, sie zu umgehen, und hegte auch jetzt noch die Hoffnung, dass am Ende alles gut werden würde. Das musste es einfach!

Ich weigerte mich, mich diesem Schicksal zu ergeben und auf ewig an eine alkoholkranke Frau gebunden sein zu müssen. Irgendwann wurde mir die Stille zu drückend. Ich mochte das nicht, ich musste ständig etwas tun und in Bewegung bleiben.

„Wo soll's denn hingehen?“, platzte es deshalb aus mir heraus. Wassertropfen zu zählen war mir mittlerweile zu langweilig, zumal der Regen inzwischen so stark geworden war, dass er in großen Mengen gegen die Scheibe klatschte und ein Zählen einzelner Tropfen unmöglich war.

Hinzu kamen das lautstarke Prasseln und die schlechte Sicht, die mich dazu veranlassten, mich meinem Nebenmann zuzuwenden.

Schlechtes Wetter deprimierte mich meistens, vor allem wenn ich geknickt war, denn dann fühlte es sich an, als würde es direkt aus meinem Herzen kommen.

Auf meine Frage hin hob Chris die Brauen und warf mir einen kurzen Blick zu.

„Wie bitte?“

Ob seine Stimme deshalb so ungläubig war, weil ich ihm eine persönliche Frage gestellt hatte oder weil er einfach nicht mit einer gerechnet hatte, wusste ich nicht, aber es ließ sie mich sofort bereuen.

Etwas verhalten deutete ich auf seine schicke Hose. „Du hast dich so zurechtgemacht, da habe ich mich gefragt, ob du heute Abend noch ein Meeting hast.“

War das zu unverfroren? Aber Cat hatte gesagt, dass er in Wirklichkeit ein lockerer Typ wäre, und ich war nicht mehr im Dienst – er konnte mir also ruhig etwas offener gegenübertreten.

Anstatt mir sofort Antwort zu geben, starrte er aber weiterhin auf die Straße, sicher unschlüssig, ob er überhaupt darauf eingehen sollte.

Dann sagte er: „Nicht ganz, ich habe ein Date." Und mir schoss Hitze ins Gesicht.

„Oh, schön, herzlichen Glückwunsch", stotterte ich peinlich berührt. Wollte ich das wissen? Nein! Warum hatte ich dann nicht einfach die Klappe gehalten?

Als ich seine Mundwinkel zucken sah, dachte ich zuerst, er hätte meine Gedanken erraten, doch dann wiederholte er: „Herzlichen Glückwunsch?

Das klingt, als wäre ich ein pickeliger Teenager, der sich glücklich schätzen kann, dass sich ein Mädchen seiner erbarmt hat."

Ich musste lachen, weil er beleidigt klang.

„So meinte ich das natürlich nicht. Ich freue mich eben einfach für dich. Dates sind schließlich etwas Schönes", brabbelte ich und zog mir gleichzeitig einen fiktiven Reißverschluss vor den Mund. Was schwafelte ich da eigentlich? Mich für ihn freuen?

Er war nun wirklich kein Mann, der dahingehend aufmunternde Worte nötig hatte. Nach allem, was ich über ihn gehört hatte, hatte er schon unzählige Affären gehabt – mehr als irgendjemand anderes in Edlyn Hill.

Deshalb war ich wohl auch so überrascht gewesen, als Cat mir von seiner Selektierung nach möglichen Groupies erzählt hatte, denn ich hätte ihn als jemanden eingeschätzt, der nur allzu gern mit ihnen ins Bett hüpfte.

Vielleicht war er dem aber auch einfach überdrüssig geworden. Wenn man zu viel von etwas hatte, wurde man es irgendwann leid – so war der Mensch eben. Eigenartigerweise schien das aber nie auf Geld zuzutreffen - davon konnten die Menschen nie genug haben, wie mir schien.

Chris sah wieder zu mir, halb stirnrunzelnd, halb lächelnd, als könnte er sich nicht entscheiden, ob er mich charmant oder unverschämt finden sollte, und das waren die letzten Worte, die wir während der Fahrt wechselten.

„Da vorne ist es", ließ ich ihn Minuten später wissen und deutete auf das einsame Haus am Straßenrand. Durch einen Baufehler - zumindest konnte ich mir keinen anderen Grund dafür denken - stand unser Haus etwas abseits der anderen Grundstücke, was mir immer wieder das Gefühl vermittelte, ein Außenseiter zu sein.

Es musste wohl Schicksal sein, dass wir damals ausgerechnet in dieses Haus gezogen waren, denn genauso einsam wie es dort stand fühlte ich mich.

Nach außen hin dazugehörig, aber im Herzen eine Einzelgängerin, die nie wirklich in das beschauliche Bild *Edlyn Hills* hineinpassen würde. Durch die verregnete Windschutzscheibe sah es merkwürdig verformt aus, als hätten zu hohe Temperaturen es schmelzen und teilweise einsinken lassen.

Der Umstand, dass unser Grundstück im Dunkeln lag, ließ darauf schließen, dass die Straßenlaterne mal wieder defekt war.

Das war per se nichts Neues, die Leuchten in dieser Straße fielen ständig aus, auch vor den anderen Häusern - fast könnte man denken, sie sprachen sich nachts untereinander ab -, doch heute fehlte auch ein anderes Licht und das machte mich stutzig.

„Komisch, im Haus brennt gar kein Licht“, murmelte ich und mit jedem Meter, den wir näher kamen, wurde mein Stirnrunzeln tiefer.

„Wahrscheinlich, weil sie schläft“, vermutete mein Begleiter und das in einem Ton, als wäre es das Schlüssigste der Welt. Wäre es auch, wenn Mom eben nicht Mom wäre! Er hielt direkt vor der Tür und schaute durch die Windschutzscheibe zu unserem Haus.

„Glaube ich weniger, sie hat Angst im Dunkeln und schläft nie ohne Licht“, ließ ich ihn wissen. Mit einem nervösen Bauchkribbeln löste ich den Sicherheitsgurt und wollte aus dem Auto stürmen, doch dann erinnerte ich mich an die Etikette und drehte mich - die Hand bereits am Türgriff - zu ihm um.

„Danke, dass du mich gefahren hast, bis morgen."
Mit dem Zufallen der Tür erfassten mich die Wassermassen und ein Wind, der wie Rasierklingen in meine Haut schnitt. Ich eilte zum Haus, den Blick, soweit es der Regen zuließ, starr auf das Gebäude gerichtet und eine Lichtquelle suchend - vergebens.

„Mom?" Ich trat ein, betätigte den Lichtschalter und sah mich um. Wasser tropfte von meinen Sachen und bildete kleine Pfützen auf dem Parkett, doch das war gerade belanglos, denn ich konnte meine Mutter nirgends ausfindig machen.

Die Tür blieb speerweit offen, aus irgendeinem Grund wagte ich es nicht, mein eigenes Haus zu betreten. Vielleicht war es eine Vorahnung oder der ungewohnte Anblick, der sich mir bot, denn seit etlichen Jahren saß meine Mutter an genau derselben Stelle, wenn ich heimkam.

Entweder hatte sie eine Flasche in der Hand und warf mir einen benebelten Blick zu oder sie war so sehr in ihr Fernsehprogramm vertieft, dass sie mich gar nicht wahrnahm.

Doch das Sofa war nie leer gewesen – bis heute. Mein Blick wanderte am Sofa herab, weil ich etwas entdeckte, das dort nicht hingehörte, und als ich es identifizierte, blieb mir das Herz stehen. Es waren Füße, die Füße meiner Mutter, die dort hinter der Couch hervorragen!

Ich wusste sofort, dass etwas nicht stimmte, denn sie schlief sonst nie auf dem Boden, und wenn sie gestürzt wäre oder etwas suchen würde, hätte sie sich doch geregt, oder?

Ihr Sofa – das wusste ich jedenfalls - war ein heiliger Ort für sie, ihr Platz des Friedens und der Sicherheit und den würde sie niemals dem Boden gegenüber benachteiligen.

„Mom!“, kreischte ich und stürzte auf sie zu. Noch bevor ich sie richtig zu Gesicht bekam, erfasste mich eine Kälte, die nichts mit dem ungemütlichen Wetter zu tun hatte. Stattdessen tastete sie sich in meinem Inneren vor, und spätestens als ich ein lebloses, graues Gesicht vorfand, hatte sie auch mein Herz erreicht.

Nein, niemals, das ist nicht wahr!, befand ich, während ich wie verrückt an ihren Schultern rüttelte. Ich weiß nicht einmal, wie meine Hände dorthin gekommen waren, nur dass sie plötzlich da waren und sich mechanisch vor und zurück bewegten.

Wie aus weiter Ferne nahm ich einen weiteren Schrei wahr, so entsetzlich, dass er unmöglich aus meiner Kehle kommen konnte und doch wurde mein Brustkorb zum Vibrieren gebracht. Gott, warum rührte sie sich nicht, warum zum Teufel wachte ich nicht aus diesem Albtraum auf?

Plötzlich lagen Hände auf meinen Schultern, die mich fest packten und zur Seite schoben. Blinzelnd versuchte ich, durch meinen Tränenschleier hindurch etwas zu erkennen und sah eine große Gestalt mit schwarzen Haaren, die sich über mich beugte.

Mein Blick begegnete dunkelbraunen Augen, die das Deckenlicht widerspiegelten und wie Sterne funkelten. Ja, das war Chris, eindeutig, und selbst wenn ich ihn nicht gesehen hätte, wäre da immer noch sein unverkennbarer Duft, gemischt mit einem himmlischen Parfüm.

Warum mir gerade das an ihm auffiel? Ich wusste es nicht, aber von allen Dingen, die um mich herum geschahen, schien mir Chris gerade am klarsten und realsten zu sein.

Nur, wie war er hierhergekommen und warum war er nicht längst abgefahren?

Während ich darüber nachdachte, sah ich ihn seine Lippen bewegen und auf mich einreden, weil ich ihm aber nicht antwortete, nahm er mein Kinn in die Höhe und zwang mich, ihm in die Augen zu sehen.

Anders als es vermutlich bei mir der Fall war, sah ich keine Panik darin glitzern, sondern kühle Intelligenz und Entschlossenheit.

Eine Entschlossenheit, die es jedoch nicht schaffte, mich aus meiner Lethargie zu befreien. Alles, was ich sah, waren die leblosen Augen meiner Mutter und die leere Wodkaflasche, die unter das Sofa gerollt war und nur minimal hervorlugte.

Chris nahm sie wahrscheinlich nicht einmal wahr und wenn, dann würde er sie sicher nicht für Hochprozentiges halten. Als er wohl zu dem Schluss kam, dass ich ihm nicht helfen würde, ließ er mich los und kniete sich neben meine Mutter.

Wie durch einen Schleier sah ich ihn sich über sie beugen, ihren Mund öffnen und hinein pusten. Ob er den Alkohol in ihrem Mund schmeckte? Aber selbst wenn, musste das nicht zwangsläufig bedeuten, dass sie sich ins Koma getrunken hatte, oder? Viele Erwachsene tranken abends Alkohol, ob ein Gläschen Wein oder Whisky – das war eigentlich nichts Ungewöhnliches.

Solche belanglosen Gedanken kreisten in meinem Kopf herum, während er seine Hände in kurzen Abständen auf ihr Herz presste - doch ich konnte sie auch nicht abschütteln.

„... Krankenwagen rufen, sofort! Komm schon, Maggy, reiß dich zusammen und ruf den Notdienst. Ich kann die Herzmassage nicht unterbrechen", durchbrach seine Stimme mein Grübeln.

Notruf, Herzmassage! Mit einem Mal war ich wieder ganz klar im Kopf, zog das Handy - wie aufgefordert - aus seiner Hosentasche und wählte den Notruf.

Meine Hände zitterten so sehr, dass ich fürchtete, es würde mir wieder aus den Fingern rutschen, doch irgendwie schaffte ich es, die Ziffern einzugeben und der Stimme am Apparat meine Situation zu erklären. Danach kroch ich wieder zu meiner Mutter, zum Laufen fehlte mir einfach die Kraft.

„Tut mir leid, ich war ..." Mit den Ärmeln meiner Strickjacke wischte ich mir die Tränen von den Wangen und starrte auf Mom herab, deren Körper sich nur bewegte, weil Chris ihn stimulierte.

Die Anstrengung ließ ihn schwer atmen.
„Schon okay, Hauptsache, du bleibst jetzt bei mir."
Ich nickte. „Wie kann ich helfen?"
„Im Moment gar nicht, wenn es dir allerdings nichts ausmacht, könntest du mir das Hemd aufknöpfen - ich kann mich in dieser Haltung kaum darin bewegen."
Augenblicklich kam ich seiner Bitte nach und knöpfte sein Hemd bis zum letzten Verschluss auf.
Ein fester, trainierter Bauch kam darunter zum Vorschein, doch es hätte mir gerade nicht gleichgültiger sein können. Ich glaube, selbst wenn er verlangt hätte, ihn nackt auszuziehen, hätte ich es blind getan – Hauptsache, ich bekam meine Mutter wieder.
Fünf Minuten später war der Krankenwagen immer noch nicht eingetroffen und meine Hoffnung längst im Keller. Chris schwitzte mittlerweile aus allen Poren, das Hemd wie eine zweite Haut an seinem Körper klebend. Lange würde er die Massage sicher nicht mehr durchstehen, und wenn es so weit war, würde ich übernehmen müssen.
Er bereitete mich darauf vor, indem er mir gut zuredete und genau sagte, was ich zu tun hätte, doch der Gedanke, meine Hände auf ihren leblosen, kalten Körper zu legen … mir kamen erneut die Tränen und ein Schluchzen stieg in mir hoch.
„Sie wird es nicht schaffen, oder?"
Bittere Galle sammelte sich in meinem Mund und ich

war mir sicher, dass ich mich jeden Moment übergeben würde. Die Anzeichen waren eindeutig und wenn ihr Körper, der durch den jahrelangen Alkoholkonsum ohnehin geschwächt war, bisher nicht auf die wiederbelebenden Maßnahmen reagiert hatte, dann würde er das auch später nicht tun.

Ich musste der bitteren Tatsache ins Auge sehen, dass meine Mutter tot war. Chris schenkte mir einen alles andere als hoffnungsvollen Blick, doch ich musste ihm zugute halten, dass er die Herzmassage nicht einstellte.

Schweißperlen rannen über sein Gesicht, und so sehr ich mir auch wünschte, ihm helfen zu können, konnte ich doch nichts anderes tun, als ihm hilflos dabei zuzusehen und innerlich die Sekunden zu zählen. *Einundzwanzig, zweiundzwanzig, dreiundzwanzig* … was waren meine letzten Worte heute Nachmittag zu ihr gewesen? Sie sollte doch endlich ihr Leben auf die Reihe kriegen – so etwas in der Art.

Vierundzwanzig, fünfundzwanzig … worüber hatten wir gestern überhaupt gestritten? Richtig, darüber, dass sie den Fernseher leiser schalten sollte, weil ich nach meinem harten Arbeitstag entspannen wollte.

Gott, wann hatten wir uns das letzte Mal eigentlich wie Tochter und Mutter unterhalten? Wann hatten wir zusammen etwas unternommen und einander gezeigt, dass wir uns trotz der Umstände liebten?

Als Antwort darauf verlor ich noch mehr Tränen, denn mir wurde bewusst, wie viele Jahre eine solche

Zuneigung zurücklag.

„Noch ist nichts verloren. Es sind schon Menschen wiederbelebt worden, bei denen alle Hoffnung verloren war“, fügte er verspätet hinzu.

Wahrscheinlich fühlte er sich dazu verpflichtet, mir Mut zu machen, dabei wussten wir beide, dass es keine Hoffnung gab. Nur wie hatte das passieren können? Heute Vormittag war doch noch alles in Ordnung gewesen.

Oder nicht ganz, denn sie hatte bereits eine Flasche an den Lippen gehabt, aber wie hatte ich ahnen können, dass ihre üblichen Depressionen derart ausarten würden? Jetzt musste ich dabei zusehen, wie mir die Kontrolle über mein Leben entrissen wurde, denn ich hatte es unter Kontrolle gehabt.

Hatte den Konsum meiner Mutter überwacht, mich um die Finanzen gekümmert, dafür gesorgt, dass das Haus weiter abbezahlt wurde und ich hatte ihren Zustand geheim gehalten.

Und mit einem Schlag war alles vorbei. Ich sah bereits die Beerdigung vor mir, zu der niemand kommen würde, weil meine Mutter keine Freunde gehabt hatte und seit Ewigkeiten mit ihrer Familie verstritten war.

Ich sah mich in ein leer stehendes Haus kommen, in der Hoffnung, eine verschlafene Frau auf dem Sofa vorzufinden, die, trotz ihres Defizits, *Leben* ins Haus gebracht hatte. Kraft- und vor allem mutlos sank ich gegen das Sofa und betrachtete die Szene mit leerem

Blick. Stille legte sich über mich, lediglich unterbrochen von Chris‘ Atemzügen und seinen Bewegungen. Ich hatte nicht einmal Kraft, in Tränen auszubrechen, vielleicht stand ich auch unter Schock.

„Ich glaub‘s nicht, sie atmet! Mrs. Carter, können Sie mich hören?“, durchschnitt er die Grabesstille. Atmen? Was?

Wie von der Tarantel gestochen fuhr ich hoch und beugte mich über meine Mutter, die verwirrt zu uns aufblinzelte. Da war es vorbei mit meiner Lethargie.

Mit einem erstickten Aufschrei warf ich mich auf sie und begann bitterlich zu weinen. Ich wusste nicht, wie lange ich mich an ihren Körper geklammert hatte, von dem ich mir einbildete, dass er wieder wärmer geworden war, aber irgendwann rüttelte jemand an meinen Schultern.

„Maggy, die Sanitäter sind da“, hörte ich Chris in mein Ohr flüstern. Seine Stimme war so zart, dass man meinen könnte, ich wäre aus Glas, das jederzeit zerspringen könnte. Doch so ganz wollten seine Worte nicht zu mir durchdringen.

Vielleicht war ich in einem Traum gefangen und sie lebte gar nicht, überlegte ich. Doch selbst wenn es so sein sollte, wollte ich bei ihr sein, ihr sagen, dass ich sie liebte und wie leid es mir tat, dass ich heute nicht für sie da gewesen war.

„Maggy…!“

Als ich nicht reagierte, zog er mich kurzerhand von ihr fort und auf die Beine. Ich wollte protestieren, sah dann aber einen Rettungstrupp ins Haus stürmen. Dann war es doch keine Einbildung – die Rettungshelfer waren endlich da! Er behielt mich weiterhin im Arm, presste meinen Rücken gegen seinen Oberkörper, der Griff viel zu fest, um ihn als tröstend bezeichnen zu können.

Wahrscheinlich wollte er mich davon abhalten, dass ich die Männer bei ihrer Arbeit behinderte, denn nichts wollte ich lieber, als mich weiterhin an meine Mutter zu klammern.

Dass sie atmete, bedeutete nämlich nicht zwangsläufig, dass sie außer Lebensgefahr war. Wer wusste schon, wie es in ihrem Inneren aussah? Was ich allerdings ganz genau wusste, war, wie unglaublich wohltuend Chris‘ Hände auf meinen Schultern waren.

Mit ihrer Wärme strahlten sie eine Ruhe aus, die über mein Gemüt waberte und es wie dichten Nebel einhüllte.

„Ma'm, können Sie mich hören?“, fragte der Sanitäter, während ein weiterer eine Atemmaske auf ihr Gesicht setzte. Mom nickte und sah dann erst die Männer und dann mich panisch an. Ihre Nervosität hing greifbar in der Luft, fast glaubte ich, ihre Gefühle selbst zu spüren.

„Was ist passiert?“ Der Sanitäter suchte meinen Blick, vermutlich, weil ich mit meinen roten Haaren unverkennbar ihre Tochter war.

„Wir haben sie schon so gefunden. Ich musste sie wiederbeleben, weil sie nicht geatmet hat“, antwortete

Chris für mich. Ich war ihm unendlich dankbar dafür, denn wenn man mich gefragt hätte, wäre ich wohl erneut in Tränen ausgebrochen.

„Gut gemacht, dank Ihnen wird sie überleben“, antwortete der Mann, bevor sie auf die Liege verfrachtet wurde.

„Du hast ihr das Leben gerettet“, begriff ich in diesem Moment, wie aus einem fernen Nebel. Herr Gott, meine Mutter war tot gewesen und Chris hatte sie zurückgeholt!

„Das ist doch selbstver…“, wollte er bescheiden sein, doch da hatte ich auch schon meine Arme um seinen Hals geschlungen. Es war mir egal, dass er mein Chef war und dass ich mich an seinen nackten Oberkörper drückte, denn im Augenblick war das die einzige Art und Weise, in der ich ihm meinen Dank aussprechen konnte.

Außerdem brauchte ich jemanden, der mich festhielt, während ich mir die Seele aus dem Leib weinte. Und ich weinte bitterlich, während sein Körper mir die nötige Wärme spendete.

Überrascht registrierte ich, wie er meine Berührung erwiderte, und als ich seine Hände auf meinem Rücken spürte, ebbte mein Schluchzen allmählich ab.

Vielleicht war es die wohltuende Wärme seiner Hände, die durch den Stoff in meine Haut drang – obwohl das eigentlich nicht möglich war – oder der schlichte Umstand, dass ich von Chris Hawkey in den Armen gehalten wurde, aber es lenkte mich zumindest ab.

Mein tränennasses Gesicht lag an seinem Schlüsselbein, meine Nase berührte beinahe seinen Hals, doch er machte keine Anstalten, mich von ihm wegzuschieben. Wenn ihm die Nähe unangenehm war, so ließ er es sich nicht anmerken.

Aber war es nur meiner überschwänglichen Erleichterung zu verdanken oder seiner Nähe, dass ich plötzlich das Bedürfnis verspürte, ihn zu küssen?

Meine Gedanken konzentrierten sich auf diesen einzelnen Wunsch und der war, meine Lippen auf seine zu legen und mir den süßesten Kuss zu holen, den ich jemals erfahren hatte. Und ich hegte keinen Zweifel daran, dass Chris ihn mir beschaffen konnte.

Ich musste mich nicht einmal dafür anstrengen. Sein Gesicht schwebte direkt über meinem, ich konnte seinen warmen Atem auf dem Haar spüren. Er müsste nur das Gesicht senken und schon würden sich unsere Lippen berühren ...

Einer Eingebung folgend lehnte ich mich ein Stück zurück und sah zu ihm hoch, bis ich in die dunkelsten Augen sah, die mir je untergekommen waren.

Verwunderung spiegelte sich darin wider und anstelle des Mitleids trat nun etwas anderes, fast schon Berechnendes.

Ich sah es förmlich hinter seiner Stirn arbeiten, wie er meinen Gemütszustand und meine Beweggründe analysierte, doch was auch immer er in meinen Augen sah, es veranlasste ihn dazu, die Schotten wieder hochzuziehen und den gewohnten Abstand in seine

Augen zurückkehren zu lassen.

„Du solltest deiner Mutter ein paar Sachen einpacken. Sicher wird sie ein paar Tage zur Beobachtung bleiben.“ Als er mich losließ, tat er es nicht unsanft, doch mir kam es so vor, als stieße er mich geradezu von sich weg.

Himmel, was tat ich hier eigentlich? Hatte ich ihn wirklich küssen wollen? Was musste er denn vor mir denken? Ich hoffte, dass er mein Benehmen der Situation zuschrieb, und lief in Moms Schlafzimmer, das sie nur noch selten in seinem eigentlichen Sinn benutzte.

Ich weiß gar nicht mehr, wann es angefangen hatte, aber irgendwann hatte sie begonnen, im Wohnzimmer zu schlafen, und seitdem war das Sofa ihre neue Bettstatt.

Aus den Aufbewahrungsboxen unter dem Bettgestell holte ich eine Reisetasche hervor und packte alles hinein, was sie gebrauchen könnte. Früher waren wir oft verreist, meistens in umliegende Wälder oder ans Wasser, aber das hatte sich mit dem Tod meines Bruders geändert.

Danach verspürte sie nie wieder das Verlangen, sich zu amüsieren oder sich darum zu bemühen, dass *ich* es tat. Die Freude war mit ihrem Sohn gestorben und ein Teil meiner Fröhlichkeit ebenfalls.

Mein Blick fiel auf den Weinvorrat, der vorbildlich geordnet in der Ecke stand. War sie auch sonst so unordentlich, aber um ihre Flaschen kümmerte sie sich geradezu aufopferungsvoll. Angewidert darüber wandte ich den Blick ab. Chris hatte gesagt, ich sollte das einpacken, was sie brauchen würde, aber den Alkohol würde ich ganz sicher nicht mitnehmen!

Als ich wiederkam, waren die Rettungskräfte zum Abfahren bereit und Chris' Hemd wieder zugeknöpft. Fast war ich darüber enttäuscht, denn seine nackte Haut hätte mich sicher von meinen Sorgen abgelenkt.

„Du kannst bei mir mitfahren, wenn du möchtest", bot er an, als wir das Haus verließen.

„Danke, aber du hast heute schon genug für mich getan. Melde dich lieber bei deiner Verabredung. Ich bin sicher, dass es dir Extrapunkte einbringen wird, wenn du ihr erzählst, dass du heute ein Leben gerettet hast."

Das hatte witzig klingen sollen, hörte sich aber selbst in meinen Ohren freudlos an.

Er stieß hörbar die Luft aus und kam mir nach. „Als ob ich gerade in Date-Stimmung wäre! Ich begleite dich natürlich, schließlich muss dich nachher jemand nach Hause fahren."

„Chris, ich bin dir für alles dankbar, wirklich, aber du musst dich nicht dazu verpflichtet fühlen …"

„Tu ich nicht", fiel er mir ins Wort. „Also, wollen wir?"

Wenn ich ehrlich war, war das nicht der einzige Grund, weshalb ich ihn nicht im Krankenhaus haben wollte.

Bisher hatte ich es erfolgreich geschafft, den wahren Zustand meiner Mutter geheim zu halten, aber wenn Chris etwas in der Klinik aufschnappte, war es vorbei mit meinem wohlgehüteten Geheimnis.

Doch weil mich die Sanitäter zum Einsteigen drängten, konnte ich es ihm nicht mehr ausreden, und so stieg ich zu meiner Mutter in den Krankenwagen.

Der Regen hatte nachgelassen und rieselte nur noch schwach gegen die Fenster des Krankenwagens. Obwohl meine Mutter eingeschlafen war, hielt ich ihre Hand, im Hintergrund das leise Brummen von Chris' Wagen. Sein Motor war so tief und laut, dass ich ihn durch die Wände hindurch hören konnte, und obwohl ich versucht hatte, es ihm auszureden, war ich insgeheim froh, dass er mitgekommen war.

Seine Anwesenheit bewahrte mich davor, den schwierigen Gang ins Krankenhaus allein antreten zu müssen und auch wenn er kein Freund oder Familienmitglied war, war er dennoch für mich da und das allein zählte.

Während der Fahrt redeten die Sanitäter mir gut zu und hielten mich über den Gesundheitszustand meiner Mutter auf dem Laufenden.

Ich gab Moms Daten an, beantwortete Fragen und stellte meinerseits welche. Wie Chris gesagt hatte, würde man sie einige Tage zur Untersuchung im Krankenhaus behalten, bevor man die nächsten Schritte überlegte.

Anders als er hatten die Krankenpfleger ihre Sucht jedoch gleich erkannt, weshalb auch die Möglichkeit einer Therapie zur Sprache kam.

Ich versuchte jedoch, ihnen klar zu machen, dass sie sie mit keinen Worten der Welt dazu würden überreden können und dass ich bereits an einer Lösung arbeitete.

Während ich sprach, warf ich immer wieder Blicke zur Wagentür, weil ich befürchtete, Chris könnte uns durch die Wände hindurch hören. Was natürlich Blödsinn war, aber ich konnte das Gefühl auch nicht abschütteln. Ich war einfach paranoid, was das Thema betraf und das zurecht, wie ich fand.

Im Grunde ging es mir aber nicht einmal um meinen eigenen Ruf, sondern um den meiner Mutter. Wie würden die Menschen ihr wohl begegnen, wenn sie von ihrem Alkoholproblem wüssten?

Sicher würden sie hinter vorgehaltener Hand tuscheln und Gerüchte verbreiten und das wollte ich ihr ersparen. Für den seltenen Fall, dass sie das Haus verließ – und, ja, das kam durchaus vor – sollte sie keinen Spießrutenlauf über sich ergehen lassen müssen. Sie hatte es schon schwer genug.

Natürlich gab es da auch einen kleinen egoistischen Teil in mir, der sich vor den anderen keine Blöße geben wollte. Ich liebte meine Mutter und ich schämte mich ihrer auch nicht, aber wenn die Möglichkeit bestand, nach außen hin ein normales Leben zu führen, war es dann so verwerflich daran, es zu tun? Wollte nicht jeder ein glückliches und normales Leben führen?

Schon von Weitem sah ich die beleuchteten Türme des Krankenhauses in der Nacht aufragen. Obwohl Edlyn Hill gerademal 14.000 Einwohner zählte, war die Klinik nicht klein.

Im Gegenteil, mit ihrer Größe und Ausstattung konnte sie es mühelos mit einem Krankenhaus in einer Großstadt aufnehmen, was nicht zuletzt daran lag, dass sie seit Jahrzehnten von der Hawkey-Familie subventioniert wurde.

Rettungshelfer und Ärzte passierten unseren Weg, als wir auf die Einfahrt fuhren und schließlich zum Stehen kamen.

Die Tür hinter mir wurde aufgerissen, meine Mutter aus dem Wagen gehoben und alle relevanten Informationen ausgetauscht, um sie weiter behandeln zu können. Stumm folgte ich den Ärzten ins Gebäude, von Chris und seinem Wagen war keine Spur.

Ich vermutete, dass er nicht durch die Schranke gekommen war, denn diese war ausschließlich für Rettungswagen gekennzeichnet gewesen. Da die

Personalien meiner Mutter aber sicher schon ins System eingegeben worden waren, würde es ihm nicht schwerfallen, sich zu uns durchzufragen.

Anders als in der Einfahrt herrschte im Inneren des Gebäudes nur geringes Treiben, die Gänge und Wartezimmer waren überwiegend leer. Cremefarbener Linoleumboden und gleichfarbige Wände wirkten dem sterilen Ruf der Krankenhäuser entgegen, doch worauf man wohl in keinem Hospital verzichten konnte, war das grelle Deckenlicht, das einem in die Augen stach.

Der für Krankenhäuser so typische Geruch hing in der Luft. Eine Mischung aus Desinfektionsmittel, Krankheit und abgestandener Atemluft. Hin und wieder war ein gedämpftes Piepen zu hören oder Stimmen drangen daraus hervor, wenn wir an geschlossenen Zimmern vorbeikamen.

Ich konzentrierte mich darauf, weil ich ohnehin nichts mit den Fachbegriffen anfangen konnte, die sich die Pfleger meiner Mutter um die Ohren hauten.

Die ganze Zeit über kommunizierten sie in ärztlicher Geheimsprache, als wollten sie verhindern, dass ich auch nur einzelnes Wort verstand. Beinahe fühlte ich mich unerwünscht, dabei war es doch meine Mutter, deren Leben hier auf dem Spiel stand. Aber ich konnte auch verstehen, dass Angehörige nicht immer einfach waren.

Die Ärzte hatten Glück, dass ich mich relativ ruhig verhielt, denn sie machten nicht den Eindruck, als würden sie sich um diese Uhrzeit noch um eine nervenschwache Frau kümmern wollen. Ob ich jemals aus meinem Schockzustand erwachen würde?

Mir war, als betrachtete ich die Situation aus sicherer Entfernung, als wäre ich nicht selbst betroffen. Wie jemand, der in einer hinteren Ecke seines eigenen Sichtfeldes hockte und sich selbst im Traum beobachtete.

Der Weg war nicht weit, wir bogen nur zweimal um die Ecke, dann wurde meine Mutter durch eine zweiflüglige Tür geschoben und ich gebeten, davor zu warten.

„Man wird Sie informieren, sobald wir Ihre Mutter untersucht haben“, versprach man mir und ließ mich allein. Da stand ich nun, blickte mich nach beiden Seiten des grellen, menschenleeren Ganges um und fühlte mich mehr denn je allein. *Es wird alles gut, sie ist bereits außer Lebensgefahr*, versuchte ich, mich zu beruhigen und meinen Puls herunterzufahren. Doch natürlich funktionierte das nicht.

Gewissheit würde ich erst haben, wenn man wieder aus der Tür kam und mir versicherte, dass sie wieder gesund werden würde. Wobei *gesund* vielleicht nicht das richtige Wort war.

Vielmehr würde sie wieder in ihren alten Zustand gebracht werden und dann würde sie erneut an der Flasche hängen. Was für ein elender Teufelskreis!

Ich machte einen Schritt auf die Flügeltüren zu, konnte jedoch nicht durch das milchige Glas hindurchsehen, und schalldicht schienen die Räume auch zu sein, denn außer gedämpftem Murmeln konnte ich nichts hören.

Seufzend ließ ich mich auf einen überraschend bequemen Wartestuhl fallen und kaum wurden meine Gliedmaßen entlastet, spürte ich, wie erledigt ich war. Nachdem ich heute den ganzen Tag geputzt und aufgeräumt hatte, fehlte meinem Körper die Erholung und das machte sich besonders in meinen Füßen bemerkbar.

Ich weiß nicht, wie lange ich schon gewartet hatte, die Zeit schien hier nur so dahin zu kriechen, aber als ich laute Schritte auf dem Gang vernahm, wusste ich automatisch, dass sie Chris gehörten.

„Wie lange ist sie schon da drin?“, fragte er und blieb vor mir stehen.

In seinen dunklen Sachen wirkte er hier vollkommen fehl am Platz, aber vielleicht war es der starke Kontrast zu der grellen Umgebung, der ihn so hervorstechen ließ.

„Schon eine Weile“, sagte ich mit einem Blick auf die Flügeltür. Mein Hals war trocken und meine Zunge fühlte sich pelzig an.

Ich hätte zu gern etwas getrunken, doch in meiner Hektik hatte ich vergessen, mein Portemonnaie mitzunehmen, und selbst wenn ich es dabeigehabt hätte, hätte ich mich niemals vom Fleck getraut – nicht bevor ich über den Zustand meiner Mutter informiert worden war.

Doch Chris schien Gedanken lesen zu können oder ich sah einfach nur fertig aus, denn er sagte: „Ich geh mir einen Kaffee holen, möchtest du auch einen?"

„Gerne, schwarz und ohne Zucker."

Normalerweise trank ich keinen Kaffee und falls doch, dann mit so viel Zucker und Milch versetzt, dass er nicht mehr als solcher zu identifizieren war, doch im Augenblick brauchte ich etwas Starkes.

Ich musste meine leeren Tanks mit Energie füllen. Und weil an Schlaf im Moment nicht zu denken war, musste ich mit Koffein vorlieb nehmen.

Bevor er ging, fummelte er eine Geldbörse aus seiner Jacke, zog dann die Jacke aus und reichte sie mir mit den Worten: „Es ist ziemlich frisch hier. Du kannst sie anziehen, wenn du willst."

Damit ging er davon und ich lauschte seinen widerhallenden Schritten.

Als er Minuten später zurückkam, lag seine Jacke ordentlich gefaltet neben mir, was er kommentarlos hinnahm. Er reichte mir einen Becher und ließ sich auf den Stuhl neben mir fallen. Warum ich sie nicht angezogen hatte?

Es war tatsächlich etwas kühl, das stimmte, aber ich wollte nicht noch mehr in seiner Schuld stehen, als es ohnehin schon der Fall war.

Der Gedanke mag manch einem vielleicht überzogen erscheinen, schließlich sprachen wir hier nur von einer Jacke, aber es reichte schon, dass er mich nach Hause gefahren, das Leben meiner Mutter gerettet hatte und mir jetzt Gesellschaft leistete. Jede noch so kleine Hilfe von ihm anzunehmen, die darüber hinausging, kam mir falsch vor.

„Ich hab mein Portemonnaie vergessen, aber wenn wir nachher nach Hause kommen …"

„Wage es ja nicht, den Satz zu beenden!", fiel er mir mit einem strengen Seitenblick ins Wort.

„Glaubst du wirklich, ich stelle dir einen Kaffee in Rechnung, während du vor der Intensivstation auf deine Mutter wartest? Das ist beleidigend, Maggy."

Seltsamerweise klang er nicht wie jemand, der getroffen war, weil er viel Geld besaß und ein Kaffee deshalb nicht der Rede wert war, sondern wie jemand, der in seiner Ehre als Gentleman verletzt war.

Kommentarlos klappte ich den Mund wieder zu und nahm einen Schluck von dem heißen Kaffee, dann fiel mir etwas ein, das ich vorhin schon hatte fragen wollen.

„Warum bist du zurückgekommen, nachdem ich mich im Auto von dir verabschiedet habe? Hast du mich schreien gehört?"

Sein Blick war auf die Tür gerichtet gewesen, doch nun schwenkte er zu mir.

„Genau genommen bin ich gar nicht wirklich weggefahren. Ich hatte den Wagen gerade gewendet, als ich im Rückspiegel die offen stehende Tür gesehen habe.

Nenn es Instinkt, aber nachdem du wegen der fehlenden Beleuchtung besorgt gewesen warst, hatte ich das Gefühl, dass etwas nicht stimmt. Normalerweise lässt man ja auch nicht die Tür offen, wenn man sein Haus betritt. Also habe ich den Motor ausgestellt und nachgeschaut."

Ich betrachtete sein Gesicht und wurde mir das erste Mal der Schatten unter seinen Augen bewusst. Vorhin war ich so verheult und aufgelöst gewesen, dass ich mich nicht eine Sekunde darum geschert hatte, wie es *ihm* ging.

Chris hatte ebenfalls einen langen Arbeitstag gehabt, und gerade als er sich mit seinem Date hatte treffen wollen, hatte er eine viertelstündige Herzmassage durchführen müssen – ihm ging es also nicht besser als mir.

„Danke, dass du es getan hast, meine Mutter wäre jetzt tot."

Tränen wollten sich in meine Augen stehlen, doch ich hielt sie zurück. Ich hatte heute schon einmal die Fassung vor ihm verloren, diese Blöße wollte ich mir kein zweites Mal geben.

Ehrlich, ich mochte es nicht, wenn Menschen meine schwache Seite sahen, und Chris hatte heute mehr als einen Blick hinter meine Fassade geworfen.

Er lächelte matt und widmete sich wieder seinem Kaffeebecher, aus dessen Öffnung dünne Dampfschwaden emporstiegen, und ich tat dasselbe.

Als sich die Türen öffneten, fuhr ich wie von der Tarantel gestochen hoch und starrte den Arzt erwartungsvoll an, der vor mir stehen blieb. Seine beiden Kollegen lächelten mir nur aufmunternd zu und gingen den Gang hinunter.

Mein Gegenüber war dunkelblond, hochgewachsen und konnte noch keine dreißig sein – jedenfalls machte er einen sehr frischen, jungen Eindruck auf mich. Er reichte mir die Hand und stellte sich mir als Dr. Benner vor.

Ich wischte meine schweißnassen Hände an der Hose ab, schüttelte seine Hand und warf einen unabsichtlichen Blick in Chris' Richtung.

Ich wollte nicht unhöflich sein, schließlich war er der Retter meiner Mutter, aber ich wollte ihn auch nicht dabeihaben, wenn mir die Diagnose mitgeteilt wurde.

Doch Chris war nicht begriffsstutzig, auf meinen Blick hin zog er sich, unter dem Vorwand, telefonieren zu müssen, mehrere Meter zurück und gewährte mir Privatsphäre.

„Wie geht es ihr?", fragte ich sofort und suchte in den blauen Augen des Arztes nach Anzeichen von Besorgnis.

„Den Umständen entsprechend. Offenbar war sie kurzzeitig im Delirium. Bevor die Rettungshelfer anrückten, ist sie aber glücklicherweise wieder daraus erwacht."

„Das habe ich meinem Begleiter zu verdanken. Hätte er sie nicht wiederbelebt …"

Ich sah noch einmal zu Chris und Dr. Benner folgte meinem Blick, wodurch wir ihm einen endlosen Moment dabei zusahen, wie er tatsächlich telefonierte.

„Wir mussten ihren Magen auspumpen und werden sie mindestens zwei Tage zur Beobachtung hier behalten. Sicher wissen Sie, dass Ihre Mutter alkoholkrank ist."

Ich nickte, den Kloß in meinem Hals ignorierend.

„Mrs. Carter hat heute sehr viel Glück gehabt, Sie sollten mit ihr über eine Therapie sprechen."

Ich konnte das bittere Schnauben gerade noch unterdrücken, mit dem ich am liebsten geantwortet hätte. Mit Mom konnte man nicht reden – nicht darüber zumindest – und an manchen Tagen fragte ich mich, ob sie es darauf anlegte, an ihrer Sucht zugrunde zu gehen.

Was ihren Gesundheitszustand betraf, so bekam ich ein paar Werte vermittelt, die allesamt deutlich im Keller lagen. Ihr Körper war am Ende, von ihren Leber- und Blutwerten nicht zu sprechen, und das machte mich fertig.

Natürlich hatte ich gewusst, dass ihre Werte seit ihrem letzten Aufenthalt vor drei Jahren nicht besser geworden waren, aber dass es *so* schlecht um sie stand, war dann doch ein Schock für mich.

Dr. Benner versuchte, mir begreiflich zu machen, dass sie den Konsum unverzüglich einstellen und sofort mit einer Behandlung beginnen müsste, und ich konnte nichts anderes tun, als stumm zu nicken. Ich versprach ihm, all das umzusetzen, und wusste gleichzeitig, dass es vermutlich nie geschehen würde.

Noch hatte ich nicht die finanziellen Mittel, um ihr eine Therapie zu ermöglichen, und fremde Hilfe – besonders die einer Einrichtung - würde Mom niemals annehmen.

Sie könnte es, Frank Hawkey hatte vor 15 Jahren die *Hawkey Foundation* gegründet, ein Verband, der Edlyn Hills Bewohner in vielen Dingen unterstützte.

Seine Organisation vergab zum Beispiel Stipendien an Mittellose, sorgte für Arbeitsplätze und half Hilfsbedürftigen. Das Büro, in dem man einen Antrag stellen konnte, lag nicht einmal weit von unserem Haus entfernt.

Doch eher hätte sie sich die Hand abgeschlagen, als den Antrag zu unterschreiben, und ich musste es wissen, denn ich hatte längst versucht, ihr eine Unterschrift abzuringen.

Dr. Benner verabschiedete sich von mir, bevor er mich jedoch verlassen konnte, trat ich in verschwörerischer Haltung an ihn heran.

„Die Angelegenheit wird doch vertraulich behandelt, oder?"

Denn nichts wäre furchtbarer gewesen, als das Bild meiner Mutter in den Nachrichten wiederzufinden, angeschlossen an einen Tropf, und mit der Überschrift *Alkoholkranke säuft sich beinahe zu Tode!*

In seinen Augen blitzte eine Spur Beleidigung auf, dennoch lächelte er mitfühlend.

„Ms. Carter, als Arzt bin ich an die Schweigepflicht gebunden, machen Sie sich darüber bitte keine Gedanken."

Damit wünschte er mir eine gute Nacht, und ich betrat die Intensivstation.

Ein regelmäßiges Piepen begleitete mich, als ich durch das Zimmer lief und ein undefinierbarer Geruch hing in der Luft. Ich blieb vor dem Bett stehen und starrte auf meine Mutter, in deren Nase ein Beatmungsschlauch steckte und deren Handgelenk an einen Tropf angeschlossen war.

Leise stellte ich ihre Reisetasche neben das Bett, sah dann aber, dass ich mir keine Mühe geben brauchte, denn sie war wach.

„Maggy, Liebling", sagte sie, als sie mich erkannte.

„Es tut mir so leid ..."

Dieser eine Satz hätte mich zu Tränen rühren müssen, doch meine Augen fühlten sich wie betäubt an, genau wie mein Herz. Ich hatte schon so viele Tränen wegen dieses Satzes vergossen – von dem ich nicht einmal wusste, wie oft ich ihn in den letzten Jahren gehört hatte – dass ich einfach keine mehr dafür übrig hatte.

Und auch mein Herz konnte nicht mehr. Es war schon so oft zersprungen, dass die Splitter zu klein waren, um weiter zu zerfallen, und wenn ich ehrlich war, verspürte ich gerade alles andere als Trauer. Vielmehr war ich wütend, so unsagbar wütend, dass ich die Frau unter mir am liebsten angeschrien hätte.

„Wie konntest du mir das antun?!“, flüsterte ich stattdessen, weil ich fürchtete, meine Stimme würde versagen.

„Wolltest du dich ernsthaft wegen unseres Streits umbringen?“

Ihr Schweigen und der betretene Blick, mit dem sie mich ansah, war mir Antwort genug und schürte meinen Groll nur noch.

„Mach das nie wieder, hörst du? Ich will nie wieder deinen leblosen Körper unter meinen Händen spüren!“

Ich hatte mich vergewissern müssen, dass es ihr gut ging, doch nun, da ich es wusste, wollte ich nur noch hier raus. Ich konnte ihren unschuldigen Blick nicht ertragen.

Ein Blick, den man vielleicht aufsetzte, wenn man etwas vergessen oder eine kleine Dummheit begangen hatte. Aber sicher kein Blick, mit dem man einen versuchten Selbstmord rechtfertigen konnte!

„Maggy …“, rief sie mir kraftlos nach, denn ich bewegte mich bereits in Richtung Tür. Ein letztes Mal drehte ich mich zu ihr um.

„Ich kann das jetzt nicht, Mom, tut mir leid. In der Tasche findest du alles, was du brauchst. Ich komme morgen nach der Arbeit wieder.“

Damit eilte ich aus dem Raum, ihre Stimme, die mich erneut zurückrief, ignorierend. Aber was hatte sie auch erwartet? Dass ich ihr einfach so verzeihen würde und freudig in die Arme schloss? Was sie mir heute angetan hatte, war unverzeihlich. Gerade weil *sie* es getan hatte, die besser als kein anderer wusste, wie sehr der Verlust schmerzte.

Doch in meiner Eile hatte ich vergessen, dass vor der Tür jemand auf mich wartete, und so lief ich geradewegs in Chris hinein.

„Hoppla." Er packte mich bei den Schultern, um meinen Schwung abzufangen, und betrachtete mich besorgt.

„Und? Wie geht's ihr?"

„Schon besser, sie … ist wohl übel gestürzt und hat sich den Kopf aufgeschlagen", log ich und verfluchte mich im nächsten Moment dafür.

Gestürzt?! Was Besseres fällt dir nicht ein? Was, wenn er die leere Flasche unter dem Sofa gesehen hat? Doch ich war zu aufgewühlt, um klar denken zu können, geschweige denn mir eine plausible Ausrede einfallen zu lassen.

Ähnlich wie in einer laufenden Waschmaschine wirbelten die unterschiedlichsten Gefühle in meinem Inneren herum, wurden von einer Seite meines Herzens auf die andere geschleudert.

Mir wurde schlecht und noch mehr, als er stutzend die Brauen hob.

„Das muss ein schwerer Sturz gewesen sein, wenn sie nicht mehr geatmet hat."

„Ja, ich … Genaueres konnte man mir noch nicht sagen, ich muss wohl einfach abwarten“, wich ich aus. Es war schrecklich, ihn anzulügen, und das wissende Funkeln in seinen Augen machte es nicht besser.

War meine Darstellung etwa so schlecht?

Andererseits erwartete man doch von mir, dass ich durcheinander war, oder? Mit etwas Glück würde er mein Gestammel also auf meine Besorgnis schieben.

„Müssen wir wohl.“

Sein Blick wanderte über mich hinweg, zu dem milchigen Glas, von dem ich wusste, dass er nichts dahinter erkennen konnte, dann sah er wieder zu mir.

„Maggy … ihr seid doch versichert, oder?“

Von welchem Geld denn bitte?

Laut sagte ich: „Selbstverständlich.“ Womit ich eine weitere Lüge in das endlose Netz spannte. Wie lange würde mir das wohl noch gelingen, bevor es wegen Überlastung zerriss?

Bevor er eine weitere Frage stellen konnte oder ich mich verriet, indem ich doch noch die Fassung verlor, schob ich mich an ihm vorbei.

„Entschuldige mich kurz, bin gleich wieder da.“

Damit ging ich in den nächsten WC-Raum, eilte zum Waschbecken und spritzte mir kaltes Wasser ins Gesicht. Die Frische tat gut, denn ich hatte das Gefühl, dass meine Wangen vor lauter Beklommenheit glühten. *Er kann es nicht wissen. Er hat telefoniert, als du mit Dr. Benner gesprochen hast.*

Im Spiegel betrachtete ich die Schatten unter meinen Augen, die ungesunde Gesichtsfarbe und die Tränen, die sich in einen Weg über meine Wangen bahnten.

Wenn ich es jetzt nicht raus ließ, würde ich vor Chris die Fassung verlieren, denn ich konnte seinen besorgten Blick und die Tatsache, ihn anlügen zu müssen, nicht länger ertragen.

Das Wasser, das sich seit dem Moment in mir angestaut hatte, als wir das Krankenhaus betreten hatten, musste raus, bevor ich daran erstickte. Also tat ich es.

Ich weiß nicht, wie lange ich mich am Waschbeckenrand festgeklammert und die Tränen hatte laufen lassen, aber irgendwann fiel selbst mir auf, dass zu viel Zeit vergangen war.

Chris war sicher genauso erschöpft wie ich, aber natürlich war er zu höflich, um es sich anmerken zu lassen. Und es war ja nicht so, dass ich zu Hause in meinem Bett nicht weiterheulen könnte. Energisch wischte ich mir die Tränen weg und betrachtete mein gespiegeltes Ich, das natürlich bis zu Besinnungslosigkeit gerötet war.

„Komm schon!“, befahl ich meinem Spiegelbild und scheffelte mir Wasser ins Gesicht. „Du bist die Königin der falschen Fassade, also mach deinem Ruf alle Ehre und reiß dich zusammen!“

Ein Klopfen an der Tür unterbrach meinen Monolog allerdings und ließ mich zusammenzucken.

„Alles in Ordnung, Maggy?! Du bist jetzt seit 10

Minuten da drin", sprach Chris durch die Tür.

Ich wischte mir ein letztes Mal über die Augen, registrierte ein allmähliches Abschwellen der Rötung und lief zum Ausgang.

Im Grunde brauchte ich mir gar keine Gedanken machen, denn er konnte unmöglich den wahren Grund meiner Tränen erahnen.

Meine Mutter lag auf der Intensivstation, natürlich weinte ich, und wenn er nicht gerade Gedanken lesen konnte, würde er einfach annehmen, ich hätte aus Sorge um sie geweint - was ich ja auch getan hatte, wenn auch aus einem anderen Grund.

Mit dieser Gewissheit trat ich aus dem Bad und ließ mich von ihm nach Hause fahren.

6

Als ich am nächsten Tag zur Arbeit kam – Chris hatte mir freigeben wollen, doch ich hatte mich geweigert, zu Hause Trübsal zu blasen – war die veränderte Atmosphäre überall spürbar.

Zuerst fiel Cat mir um den Hals, die ich gestern Abend noch angerufen hatte, kaum dass Chris mich zu Hause abgesetzt hatte. Sie war seine Schwester, sie hätte ohnehin von Moms Krankenhausaufenthalt erfahren, deshalb hatte ich es ihr als Freundin zuerst sagen wollen.

„Komm doch heute Nachmittag im Café vorbei, dann suchen wir deiner Mutter ein paar leckere Sorten Schokolade aus“, schlug sie vor, bevor sie zur Arbeit fuhr.

Ich fand es immer wieder erstaunlich, dass sie als Tochter einer Millionen schweren Familienfirma immer noch im Café arbeitete, aber Cat liebte es einfach, ihre Kunden zu bedienen, und das machte sie in meinen Augen sehr wertvoll.

Auch Lily war heute sehr zuvorkommend und sichtlich darum bemüht, mir nur die leichten Aufgaben zuzuteilen.

„Lily!", sagte ich irgendwann kopfschüttelnd.

„Du musst mich nicht behandeln, als wäre ich aus Zucker. Lass mich einfach meine übliche Arbeit machen, ehrlich, mir geht's gut."

Zweifelnd sah sie mich an, und das machte mich wütend auf mich selbst. Was war nur los mit mir? War ich denn seit gestern für jedermann ein offenes Buch? Was war geschehen, dass plötzlich alle hinter meine Fassade blicken konnten?

„So siehst du aber nicht aus."

Sie unterbrach ihre Arbeit und trat an mich heran. „Hey, ich weiß, wir kennen uns erst seit zwei Wochen, aber wenn du etwas auf dem Herzen hast, kannst du es mir sagen. Das weißt du, oder?"

Mit ihren großen Augen sah sie mich an, die nichts als ehrliche Sorge und Hilfsbereitschaft widerspiegelten – und mir wurde eines bewusst: Wenn es Engel gab, dann musste Lily einer sein oder zumindest von einem abstammen, und das sagte ich nicht nur wegen ihres Aussehens.

In den zwei Wochen, die wir jetzt zusammenarbeiteten, hatten wir genug Gelegenheit gehabt, den anderen kennenzulernen, und Lily war einer dieser Menschen, an die man sich bis an sein Lebensende erinnern würde, weil er durch und durch gut war – vielleicht sogar *zu* gut für diese Welt.

Sie strahlte all das aus, was einen schönen Menschen ausmachte, von innen wie von außen, und ich hatte sie wirklich ins Herz geschlossen.

Es musste wohl mein Schweigen sein, das sie zu folgendem Vorschlag brachte:

„Wenn du magst, kannst du nach der Arbeit mit zu mir kommen. Mutter macht das beste Risotto der Welt, und wir könnten ein bisschen plaudern."

Verblüfft über ihre Einladung starrte ich sie an. „Ich weiß nicht, nach der Arbeit wollt ihr doch bestimmt eure Ruhe haben …"

„Quatsch, *Mamma* freut sich immer über Besuch. Also, was hältst du davon?"

„Klingt großartig, nur bin ich heute Nachmittag schon mit Cat verabredet. Wie wäre es stattdessen mit morgen?"

„Super, Mamma wird sich freuen."

„Aber nur, wenn es wirklich keine Umstände macht", betonte ich noch einmal, bevor sie sich wieder ihrer Arbeit zuwenden konnte.

Mahnend starrte sie mich an und sagte etwas auf Italienisch, von dem ich vermutete, dass es so etwas wie *Quatsch* oder *Blödsinn* bedeuten sollte.

„Macht es nicht", versicherte sie mir und gab mir einen unerwarteten Kuss auf die Wange. Damit wirbelte sie putzend durch das Haus, gab ein italienisches Lied nach dem anderen zum Besten und ließ mich angenehm überrascht zurück.

Erst Cat und jetzt Lily, mit so viel Hilfsbereitschaft an einem Tag wusste ich gar nicht umzugehen.

Jeder, der das *Café Hawkey* betrat, wurde ins 18. Jahrhundert zurückkatapultiert. Die massiven Regale aus dunkelgrün lackiertem Holz ragten bis zur Decke auf und reihten sich lückenlos aneinander.

Schokoladentafeln waren darin gestapelt, von runden Platten bis hin zu Quadraten und Rechtecken waren alle Formen dabei und jede Geschmacksrichtung wurde in einer anderen Verpackungsfarbe aufbewahrt.

Durch den dunklen Boden und die gedämpften Lichter wurde eine gemütliche, warme Atmosphäre geschaffen, die von den Jahrhunderte alten Einrichtungsgegenständen wie der Messingwaage und der Kaffeemühle noch unterstrichen wurde. Es gab einen verglasten Verkaufstresen, hinter dem flüssige Schokolade blubberte, außerdem wurden Pralinen und Schokogetränke jeglicher Art angeboten, die einen in den siebten Himmel katapultierten, wenn man von ihnen kostete.

Am Tresen entdeckte ich Cat, die ihrem Kunden eine Tüte in die Hand drückte und sich lächelnd verabschiedete. Kyle stand bei ihr, die Hände in den Hosentaschen vergraben und lässig am Regal lehnend.

Der Mann lief mit seiner Tüte an mir vorbei, das Gesicht so vorfreudig, dass ich mir sicher war, die

Schokolade würde keine zehn Schritte überleben. Aber so erging es jedem, der von der Schokolade kostete, weshalb ich nicht zum ersten Mal vermutete, die geheime Zutat sei eine Prise Magie, mit der ihre Kunden verzaubert wurden.

Wie in *Einfach unwiderstehlich*, einem Fantasy-Liebesfilm, in dem Sarah Michelle Gellar eine Köchin spielt, deren magisch begabter Krebs ihre Gerichte verhext, woraufhin sie die ganze Stadt verzaubert. Ein entzückender Film, an den ich mich jedes Mal erinnerte, wenn ich die Schokolade aß.

„Hey, Kyle, wie geht's dir?" Ich gab ihm einen freundschaftlichen Kuss auf die Wange und stellte meine Tasche hinter den Tresen, wo auch Cats lag. In der ersten Woche meiner Anstellung war Kyle fast jeden Tag bei den Hawkeys gewesen, wodurch ich viel Zeit mit ihm und Cat verbracht hatte.

Immer wenn Chris nicht in der Nähe gewesen war, hatten sie mich zu sich aufs Zimmer geholt oder zum Fernsehgucken auf das Wohnzimmersofa. Einmal hatten Lily, Kyle, Cat und ich es sogar geschafft, einen ganzen Film zu schauen, ehe Chris von der Schokoladenfabrik nach Hause gekommen war und wir eilig wieder unsere Arbeit aufgenommen hatten.

Doch in letzter Zeit widmete Kyle sich wieder vermehrt dem Training, was dazu führte, dass nicht nur *ich* ihn selten sah.

Als Rodeo-Champion hatte er einen Titel zu verteidigen, den die Rivalen nie müde wurden, ihm streitig zu machen, und um an der Spitze zu bleiben, musste er eben viel trainieren. Cat verstand das und unterstützte ihn, indem sie so viele Spiele von ihm besuchte wie nur irgend möglich.

Und wieder hatten Cat und Tara eine Gemeinsamkeit, bei der ich nicht mithalten konnte, denn Tara war mit Kyles Rodeo-Kameraden Dale zusammen, was sie nicht nur in der Auswahl ihrer Partner verband, sondern auch alle vier miteinander.

Vielleicht sollte ich mir den Dritten des Rodeo-Trios schnappen, dachte ich belustigt, denn soweit ich wusste, war Stanley noch zu haben - dann würde ich mich vielleicht endlich dazugehörig fühlen.

Aber um mir einen Freund an Land zu ziehen, fehlte mir schlicht und ergreifend die Zeit. Sicher, ich lernte viele Jungs bei meinen Partys kennen, aber da gab es eine Regel, an die ich mich eisern hielt und die mir die Partnersuche enorm erschwerte: keine Flirtereien mit betrunkenen Männern!

Wenn ich jemanden kennenlernte, dann sollte er gefälligst nüchtern sein und das waren nur die wenigsten auf einer Fete.

„Gut, ich vermisse allerdings deine Partys. Wann lässt du mal wieder eine steigen? Dafür würde ich mir glatt einen Tag Auszeit nehmen."

Seiner Kleiderwahl nach zu urteilen hatte er sich nur kurz hierher abgesetzt, denn er trug die für Rodeo-Reiter so typische Aufmachung, bestehend aus einer groben Wollhose mit ledernen Einlagen, der berühmten Weste und natürlich dem Halstuch. Nur die Cowboystiefel und der Hut fehlten, aber ich war sicher, dass beides in seinem Auto lag, das vor der Tür stand.

„Weiß ich noch nicht, im Moment habe ich keine Zeit dafür, aber ich sage dir Bescheid, wenn es so weit ist."

Er nickte und maß mich dann mit einem besorgten Blick. „Wie geht es deiner Mutter?"

„Besser, sie wird in den nächsten Tagen entlassen."

Und kann sich dann wieder ganz dem Alkohol widmen!, dachte ich düster. Vielleicht sollte ich Dr. Benner darum bitten, sie noch etwas länger zur Untersuchung in der Klinik zu behalten, nur, damit sie nicht zur Flasche greifen und sich ihr Körper noch etwas länger erholen konnte.

Andererseits brauchte es nach der jahrelangen Misshandlung ihrer Gesundheit wohl weit mehr als ein paar Tage, um die kaputten Zellen zu regenerieren – wenn das überhaupt noch möglich war.

„Ich kenne etwas, das ihr sicher bei der Genesung hilft", sagte Cat augenzwinkernd und winkte mich zu sich heran, um mir eine Schokolade zu zeigen, die neu im Sortiment war. Ich musste sagen, es war mehr als praktisch, an der Quelle zu arbeiten, denn in Cats Villa lag so viel Schokolade herum - an der man sich auch noch frei bedienen durfte - dass ich keinen müden Dollar mehr dafür ausgeben musste.

Und weil manche Sorten auch nicht gerade günstig waren, sparte mir das als Naschkatze viel Geld ein.

„Das wird es bestimmt, und wenn ich genug Geld unter meinem Bett angehäuft habe, kann ich ihr auch endlich die Therapie ermöglichen“, sagte ich und probierte davon.

Sofort explodierten meine Geschmacksnerven, und ich schob mir ein weiteres Stück in den Mund. Diese Sorte würde Mom lieben!

„Du häufst dein Geld ernsthaft unter deinem Bett?“, fragte Kyle belustigt.

„Versteckt in einer unscheinbaren Kiste“, bestätigte ich augenzwinkernd.

„Das solltest du nicht zu laut herumposaunen, sonst könnte noch jemand auf die Idee kommen, es zu stehlen.“ Das kam nicht von Kyle, auch wenn die Stimme seiner sehr ähnelte.

Stirnrunzelnd drehte ich mich zu dem Sprecher um und entdeckte Kyles Zwillingsbruder Shane, von dem ich überhaupt nicht bemerkt hatte, dass er das Café betreten hatte.

Wie ein Todesbote stand er in der Eingangstür, die Gesichtszüge so schön wie die seines Bruders, nur härter und abgeklärter.

Er war vollständig in Schwarz gehüllt, was ihn, verursacht durch das ohnehin schon schummrige Deckenlicht, gefährlich wirken ließ.

Sein Anblick, aber auch der Umstand, dass er wie aus dem Nichts aufgetaucht war, ließen mich ihn einen

Moment lang sprachlos anstarren.

„Nicht jeder von uns hegt kriminelle Gedanken, Shane. Hatte ich nicht gesagt, du sollst draußen warten?“ Grimmig starrte Kyle seinen Bruder an - das war das erste Mal, dass ich ihn schlecht gelaunt sah. Es musste wohl stimmen, was Cat mir über die beiden erzählt hatte, ihre Geschwisterliebe hielt sich tatsächlich in Grenzen.

Kurz verspürte ich einen altbekannten Stich, denn wenn das Schicksal nicht so grausam gewesen wäre, hätte ich jetzt auch einen Bruder, mit dem ich mich zanken könnte.

Kyle und Shane konnten sich vielleicht nicht sonderlich gut leiden – wer wusste schon, was für eine Vorgeschichte sie teilten? - aber sie *hatten* zumindest einander und das war weitaus besser, als seinen Bruder tot zu wissen – ich musste es wissen.

„Reg dich ab, kleiner Bruder, das sollte ein Scherz sein. Und welches Geschäft ich betrete, ist ja wohl immer noch mir überlassen.“

Langsam kam er herangeschlendert und fixierte erst mich und dann Catherine. Ich fühlte mich den Blicken eines Adlers ausgesetzt, der seine Beute präzise analysierte.

„Man könnte fast meinen, du schämst dich für mich und willst mich von deinen Freunden fernhalten. Kümmert man sich so um seinen Bruder?“

Kyle hatte den Mund bereits geöffnet und das zu einer Antwort, die sicher nicht freundlich ausgefallen wäre, doch Cat kam ihm zuvor.

„Lass nur", sagte sie und dann an Shane gewandt: „Kann ich etwas für dich tun?"

„Nein, ich will nur meinen Bruder abholen, der in seiner Cowboy-Montur geradezu hinreißend aussieht."

Der Spott in seiner Stimme konnte nur noch von seinem Blick übertroffen werden, doch Kyle ließ seine Worte einfach an sich abprallen. Seinem gleichgültigen Gesichtsausdruck nach zu urteilen ließ Shane solche Sprüche öfter fallen. Er hatte die Theke erreicht und warf einen Blick auf die angefangene Schokoladenpackung in Cats Händen. „Darf ich?"

Wortlos reichte sie ihm diese, Kyles wenig begeisterte Blicke ignorierend, und sah dabei zu, wie Shane entzückt das Gesicht verzog.

„Wirklich ausgezeichnet. Kommst du, kleiner Bruder?"

An der Art und Weise, wie er die Worte *kleiner Bruder* aussprach, und an Kyles genervtem Blick war nur unschwer zu erkennen, dass er ihn damit aufzog. Wortlos drückte Kyle meine Schulter, gab Catherine einen Abschiedskuss und folgte seinem Bruder aus dem Geschäft.

„Wow, was für ein schräger Vogel", bemerkte Cat, dem ich nur nickend beipflichten konnte.

Während ihrer letzten Arbeitsstunde leistete ich Catherine Gesellschaft, indem ich ihr beim Eintüten und Abkassieren der Tafeln half, beim Ausschenken und Zubereiten der Schokogetränke und beim Auffüllen der Regale. Im *Café Hawkey* zu arbeiten, machte fast noch mehr Spaß als bei ihnen zu Hause, was daran lag, dass ich mich schnell vom Zauber des Cafés mitreißen ließ.

Cats Verdacht, der Geist ihrer Vorfahren und Schöpfer der *Chocolate Company* würde das Café bewohnen, kam mir mit einem Mal gar nicht mehr so unrealistisch vor - ihre Präsenz war in jedem einzelnen Möbelstück spürbar.

Am Ende drückte Cat mir eine ganze Tüte Schokolade in die Hand, gefüllt mit den neusten und teuersten Sorten, die das Café zu bieten hatte – Widerrede zwecklos.

Dann verließen wir das Café, das, mit Ausnahme der Bars und Clubs, wie alle anderen Geschäfte in Edlyn Hill bereits um 18 Uhr seine Türen schloss.

7

Ich schaffte es erst drei Tage später, Lilys Angebot anzunehmen, denn nach dem zweiten Tag wurde Mom bereits wieder entlassen.

Sie hatte sich wirklich über die Schokolade gefreut, die ich ihr noch am selben Abend vom Café mitgebracht hatte, und obwohl mich die Erinnerung daran glücklich machen sollte, tat sie es nicht – nicht wirklich zumindest.

Nach langer Zeit hatte ich meine Mutter endlich wieder nüchtern erlebt, hatte mit ihr Schokolade gegessen, Fernsehen geschaut und über einen Krankenpfleger gelacht, der nicht ein einziges Mal das Gesicht verzogen und von Humor wohl noch nie etwas gehört hatte.

Der Abend war also schön gewesen, hielt mir aber auch vor Augen, wie sehr ich meine Mutter vermisste – und nicht etwa ihr mürrisches, benebeltes Ich, sondern die lustige, lebensfrohe Frau, die sie einmal gewesen war.

Sie versprach mir zwar, nie wieder zur Flasche zu greifen, doch das hatte sie in der Vergangenheit schon mehrfach getan. Am Ende war sie immer wieder rückfällig geworden. Bevor ich das Geld also nicht zusammenhatte - und dank der niedrigen Krankenhausrechnung würde es in einem Jahr hoffentlich so weit sein -, wollte ich mir keine falschen Hoffnungen machen lassen. Ich war ehrlich erstaunt gewesen, als ich heute Morgen eine läppische Rechnung von 300 Dollar im Briefkasten vorgefunden hatte, denn Mom hatte ja nicht nur eine Rundumbetreuung gehabt, sondern auch medizinische Versorgung in der Klinik genossen.

Doch ich war die Letzte, die sich über diesen möglichen Formfehler beschweren wollte, denn da wir nicht versichert waren, hätte mich die Zahlung weit zurückgeworfen. Vielleicht gab es ja doch so etwas wie gutes Karma.

„Guten Morgen, Chris", begrüßte ich meinen Chef, während ich die seidenen Vorhänge aufzog und frischen Sauerstoff ins Zimmer ließ. Ich war ja eher der Typ, der sich bis zur letzten Minute in seine warme Decke kuschelte, aber Chris wollte von kalter Luft geweckt werden. Damit er in Fahrt kam, wie er gern sagte.

Er schlug die Lider auf, das Haar hing ihm wirr ins Gesicht und betrachtete mich aus verschlafenen Augen.

Kaum hatten wir das Krankenhaus an jenem Tag verlassen, hatte er seine übliche distanzierte Haltung angenommen, was mich irgendwie verletzt hatte. Nichts deutete darauf hin, dass ich in seinen Armen gelegen und es diesen einen magischen Moment gegeben hatte, an den er sich wohl nicht einmal mehr erinnerte.

Aber was hatte ich auch erwartet? Dass er mich künftig mit einem vertrauten Küsschen begrüßen oder mich an seine warme Brust drücken würde?

Ich gebe zu, der Gedanke daran bescherte mir immer noch Bauchkribbeln, doch ich machte mir nichts vor. Ich war eine desorientierte, am Boden zerstörte Angestellte gewesen, die er lediglich getröstet hatte.

Kein Grund, bei seinem Anblick Herzflattern zu bekommen!

Chris war ohnehin unerreichbar für mich. Er war nicht nur der Bruder meiner Freundin, er war auch deutlich älter als ich, fünf Jahre, um genau zu sein, und er war mein Chef. Er würde sich nie auf eine Angestellte einlassen, das hatte Cat selbst gesagt, und nach dem, was er erlebt hatte, war das auch verständlich.

Andererseits wirst du ja nicht ewig für ihn arbeiten, überlegte ich spitzbübisch.

Doch der Gedanke war töricht, wenn auch reizvoll.

„Maggy?“ Chris‘ Stimme riss mich aus meinen Gedanken, ich hatte nicht gehört, dass er mit mir geredet hatte.

„Hm?“, machte ich und wurde mir bewusst, dass ich noch immer den Vorhang umschlossen hielt. Aber ich konnte nichts dafür. Der Stoff fühlte sich so gut an, man musste ihn einfach berühren.

„Heute bitte nur ein Salat mit Hüttenkäse, ich brauche etwas Leichtes“, wiederholte er das, was mir in meiner Träumerei entgangen war.

Er wollte automatisch nach dem Kaffee greifen, den ich üblicherweise auf seine Kommode stellte, fasste aber ins Leere, woraufhin mir siedend heiß bewusst wurde, dass ich ihn in der Küche vergessen hatte. Das war mir noch nie passiert!

„Gott, das tut mir leid, ich hole die Tasse sofort ...“

„Lass nur“, sagte er und schlug die Decke zurück. Ich hatte bereits einen Schritt auf die Tür zugemacht und hielt nun inne.

„Ich trinke ihn einfach in der Küche.“

Mit Unbehagen, weil ich so etwas Elementares, wie ihm seine morgendliche Tasse Kaffee zu bringen, vergessen hatte, beobachtete ich, wie er sich aus dem Bett schwang, das weder seinen Bewegungen nachgab, noch ein Knarren verursachte. So eins hätte ich auch gern, dachte ich neidisch und wurde mir meiner verspannten Schulter nur allzu sehr bewusst.

Mit nacktem Oberkörper und einer dunkelblauen Schlafhose bekleidet ging er an mir vorbei zum Kleiderschrank. Obwohl er gerade aus dem Bett kam, haftete ihm noch eine schwache Note seines Parfüms an, dessen herrlicher Duft mich einhüllte und die Augen schließen ließ.

Ich fragte mich, wann ich angefangen hatte, derart auf Chris zu reagieren, und erinnerte mich an den Abend zurück, an dem er mich getröstet hatte. Ich hatte gewusst, dass Chris nicht der kaltherzige, unnahbare Chef war, den er gern spielte, aber an jenem Tag hatte er seine Maske abgelegt und mich hinter seine wohlgeformte Fassade blicken lassen.

Selbstlos hatte er sich erst um meine Mutter und dann um mich gekümmert, und obwohl man dieses Verhalten als selbstverständlich ansehen könnte - denn jeder andere an seiner Stelle hätte sicher dasselbe getan - hatte es mich nicht kalt gelassen. Schlimmer noch, es hatte mein Interesse an ihm geweckt.

Wenn ich also nach dem Ursprung des Bauchkribbeln suchen wollte, das mich soeben erfasst hatte, dann lag er bei diesem Abend.

Trotz seiner fehlenden Schuhe überragte er mich um einen guten Kopf, und natürlich musste ihm die Hose tief auf den Hüften liegen und seine göttliche Figur betonen.

Kurz überlegte ich, den Kaffee in Zukunft mutwillig zu vergessen, damit er jedes Mal aufstehen und ihn sich holen musste. Doch ich wollte meinen Job nur ungern verlieren und schon gar nicht, weil ich es scheinbar nötig hatte, meinen Boss zu begaffen.

Vielleicht wollte er mich aber auch nur auf die Probe stellen, um zu sehen, ob ich eine dieser verrückten Hausmädchen war, die ihn ins Bett zerrten. Wäre ich doch nur verrückt, dachte ich seufzend und sah dabei zu, wie er seinen Kleiderschrank öffnete.

Ein, zwei Sekunden lang verharrte er davor, dann drehte er sich wie in Zeitlupe zu mir um und sah mich mit hochgezogenen Brauen an.

„Oh, äh … ich bereite dann mal das Frühstück vor." Verlegen eilte ich aus dem Zimmer und bekam im Flur einen kleinen Lachanfall, von dem ich hoffte, dass er ihn nicht hörte.

„Was ist so lustig?", wollte Lily wissen, weil ich immer noch ein Grinsen im Gesicht hatte, als ich die Küche betrat.

Doch ich schüttelte nur den Kopf. „Gar nichts." Und machte mich daran, sein Frühstück zuzubereiten.

Um Punkt 15 Uhr legten wir unsere metaphorischen Staubwedel beiseite und machten Feierabend. Cat hatte sich mit Tara getroffen, um ihre Jungs beim Training zu besuchen, und Chris war in die Schokoladenfabrik gefahren, um sich mit den Abteilungsleitern zu treffen.

So hatten Lily und ich das Haus für uns gehabt, was zur Abwechslung einmal ganz angenehm war. Nicht, dass Chris die Sorte Chef war, die einem kleinlich auf die Finger schaute, aber es war eben ein Unterschied, ob man sich frei im Haus bewegen konnte oder eine Autoritätsperson anwesend war. Cats Gegenwart zählte natürlich nicht, denn sie war meine Freundin und stiftete mich, im Gegenteil, eher zum Faulenzen an.

Lily nahm mich in einem dunkelblauen Familien-Van mit, dessen durchgesessener Ledersitz sich meiner Rückenform wie eine zweite Haut anpasste. Das machte ihn unglaublich gemütlich und den Gedanken, kurz darin einzunicken, geradezu verlockend.

Am Spiegel hing ein Familienbild von Rose, Lily und, wie ich vermutete, ihrer Mutter. Es schaukelte beim Fahren umher, drehte sich und lenkte immer wieder meine Aufmerksamkeit auf sich.

Mein Auto, das ich mir irgendwann einfach selbst vermacht hatte, weil Mom nicht mehr gefahren war, hatte ebenfalls mal ein solches Bild gehabt.

Es hatte zwar nicht am Rückspiegel gehangen, aber dafür an der Windschutzscheibe unten in der Ecke geklebt. Ich wusste nicht mal mehr, *wann* es gewesen war, aber in meiner Wut hatte ich es einst abgerissen und seitdem war es verschwunden.

Vielleicht war das der Tag gewesen, an dem das Band zwischen mir und Mom gerissen war, überlegte ich traurig und warf einen Blick in den Rückspiegel. Auf den Hintersitzen entdeckte ich einen pinken Kindersitz und ein aufgeschlagenes Malheft, das bunt bekritzelt war.

Nicht mehr lange, dann würde es sicher wieder zum Einsatz kommen, denn wir waren auf direktem Wege zum Kindergarten, um die kleine Rose einzusammeln.
Eine gesperrte Straße machte uns einen Strich durch die Rechnung und zwang uns, einen minutenlangen Umweg zu nehmen, doch am Ende erreichten wir den Kindergarten, sammelten Rose ein und fuhren in den Supermarkt, um die Zutaten für das berühmte Risotto einzukaufen.
Schließlich fuhren wir in Lilys Auffahrt und näherten uns einem Einfamilienhaus, das sich, wie die meisten in Edlyn Hill, weiß schimmernd von der grünen Umgebung abhob.
Eine Kinderrutsche und diverse Baukastensteine, so groß wie Schuhkartons, blitzten durch die Hecken hindurch. Wie es auch bei mir der Fall war, verlief der Garten einmal um das Haus herum - lediglich vom schmalen Streifen der Einfahrt unterbrochen.
Der Wagen kam zum Stehen, und während Lily ihre Tochter abschnallte, holte ich den Einkauf aus dem Kofferraum.
Mit den Tüten in den Armen sah ich an dem Haus hoch und hörte die Stimmen einer berühmten Fernsehserie durch das gekippte Küchenfenster dringen.
„Two and a half Men“, bemerkte Lily augenrollend.
„Mamma steht darauf.“
Ich antwortete mit einem Lächeln, ließ ihr und Rose den Vortritt, und nachdem sie die Tür aufgeschlossen

hatte, folgte ich ihnen ins Haus.

Das Erste, was meine Sinne wahrnahmen – die Stimmen einmal ausgeblendet -, war der köstliche Geruch, der sich einen Weg durch die Tür direkt in meine Nase bahnte. Es roch herrlich, nach Kräutern, Knoblauch, Zitrone und sogar etwas pikant.

Warme Farben wie Rot und Orange säumten die Wände und im gesamten Flur war ein dunkelbrauner, flauschiger Teppich ausgelegt.

Eine sehr interessante Einrichtung dachte ich, wobei mir Figuren auffielen, die aussahen, als wären sie aus schwarzem Ebenholz gefertigt. Alles hier war so kuschelig und behaglich, ganz anders als bei den Hawkeys zum Beispiel.

Nicht, dass deren Villa nicht sehenswert war, aber während dort der pure Luxus für Wohlgefühl sorgte, taten es hier die Farben und unzähligen Dekorationen.

Lily nahm mir die Jacke ab und führte mich ins Wohnzimmer, wo eine rundliche Frau auf mich wartete. Ich schätzte sie auf Mitte fünfzig und sah sofort, von wem Lily ihre Schönheit geerbt hatte. Ihre Mutter war vielleicht um einiges schwerer und älter als meine Kollegin, aber das Gewicht tat ihren schönen Zügen keinen Abbruch.

Ich fand ohnehin, dass füllige Frauen meistens sehr schön waren und sich wegen ihrer Rundungen nicht verstecken mussten. Ihre Mutter war so eine Frau, und sie zog mich in eine herzliche Umarmung.

„Mamma hat ein krankes Bein, deshalb ist sie nicht so gut zu Fuß“, ließ Lily mich wissen.

„Mamma, das ist Maggy, meine Arbeitskollegin. Maggy, das ist Esta.“

„Ahh, du hast nicht untertrieben, was ihre Schönheit angeht“, sagte Esta freudig, während sie mir einen dicken Kuss auf die Wange drückte. Geschmeichelt, dass Lily so von mir dachte, kam ich Estas Bitte nach und setzte mich ihr gegenüber.

„Möchtest du etwas trinken?“, fragte Lily mich, während sich Rose mit ihrem Malbuch zu meinen Füßen niederließ. Ich nickte dankbar und wurde von Esta sofort ins Gespräch gezogen.

Sie interessierte sich für alles. Wo ich zuvor gearbeitet habe, welche Erfahrungen ich dort gesammelt hatte, welches Fach ich studierte und was ich in meiner Freizeit tat.

Sie war ein wissbegieriger Mensch und weckte in mir den Eindruck, dass sie viel zu viel in diesem Haus verbrachte und nicht genug unter Leute kam, um ihren Wissenshunger zu stillen. Meine Vermutung bewahrheitete sich im Laufe des Gespräches, als sie mir genau das bestätigte.

„Durch meine Arthrose komme ich nur noch selten aus dem Haus. Deshalb hoffe ich, du nimmst mir die Neugierde nicht übel.“

„Ach, das macht doch nichts“, winkte ich ab. „Ich weiß, wie das ist.“

„Richtig, deine Mutter geht auch nicht oft aus dem

Haus, wie ich gehört habe. Klingt nach einer Frau, mit der ich mich mal zusammensetzen sollte ..."

Ich erwiderte ihr herzliches Lächeln und spürte gleichzeitig, wie sich bittere Galle in meinem Mund sammelte. Eine Gesprächspartnerin würde Mom gewiss guttun, nur wusste ich nicht, ob ich ihre Gegenwart jemandem zumuten wollte.

Wenn sie betrunken war, was so etwa 14 Stunden am Tag der Fall war, dann war sie unberechenbar und alles andere als vorzeigbar. Sie irgendwann einmal mit einer Freundin plaudern zu sehen, war allein deshalb schon unvorstellbar für mich - zumindest im Moment.

In meinen Träumen hatte sie schon oft zu altem Glanz zurückgefunden, aber wie das Leben mir jeden Tag aufs Neue so schonungslos zeigte, sah die Realität leider ganz anders aus.

Als Esta wohl zu dem Schluss kam, dass sie mir fürs Erste genug Informationen entlockt hatte, erhob sie sich umständlich aus ihrem Sessel und hinkte in die Küche, wo Lily bereits Vorkehrungen zum Kochen getroffen hatte.

„Soll ich den Tisch decken?", fragte ich sie, nachdem sie mit Esta die Rollen getauscht hatte und zu mir ins Wohnzimmer kam.

„Bloß nicht", sagte sie lachend. „Mamma würde mich umbringen, wenn ich unsere Gäste arbeiten lassen würde. So etwas gibt es bei ihr nicht."

„Guck mal, Maggy!", sagte Rose, bevor ich

antworten konnte. Stolz hielt sie mir das Malbuch hin, darauf ein Pferd mit grünem Kopf, pinkfarbenem Schweif und gelbem Körper.

„Wunderschön", sagte ich und gab es ihr lächelnd zurück. Ich tätschelte ihren Kopf und sah eine Weile dabei zu, wie sie, ermutigt durch mein Kompliment, sofort das nächste Pferd in Angriff nahm.

Ich begegnete Lilys Blick, in dem sich die ganze Liebe widerspiegelte, die sie für das bezaubernde Wesen zu meinen Füßen empfand, und konnte gar nicht anders, als es zu erwidern.

„Ihr habt es wirklich schön hier."

„Das haben wir, und wir hätten es noch viel schöner, wenn Fabio, dieser Schmarotzer, uns nicht im Stich gelassen hätte", antwortete Esta von der Küche her. Ihre Ohren mussten spitzer als die eines Kobolds sein, wenn sie uns durch das Zischen der Pfanne und das Blubbern der Töpfe gehört hatte.

Über ihrem Kopf stiegen dicke Dampfschwaden auf, was bei vier belegten Herdplatten auch kein Wunder war. Ich hatte keinen Schimmer, was sie dort alles kochte und briet, aber es roch köstlich und ließ mich einem vorzüglichen Essen entgegenfiebern.

An Lilys Blick merkte ich aber sofort, dass sie dieses Thema lieber nicht angesprochen haben wollte. Zwar lächelte sie noch, aber es war jetzt glanzlos und erreichte ihre Augen nicht mehr.

Ich hatte sie nie über ihr Liebesleben ausgefragt, aber bereits vermutet, dass sie partnerlos war. Jemand, der

in einer Beziehung lebte und ein Kind hatte, sprach irgendwann automatisch darüber, ob bewusst oder nicht.
Doch Lily hatte dahingehend immer geschwiegen.
„Lass gut sein, Mamma“, sagte sie und wechselte das Thema.

Wie zum Teufel hatte mir dieses köstliche Gericht nur all die Jahre entgehen können?, dachte ich, nachdem mein Teller leergegessen war. Die in Butter geschwenkten Pilze, der gut gesalzene Reis, die Basilikumblätter, Gewürze und Chilischoten, all die Zutaten waren perfekt aufeinander abgestimmt und ließen meine Geschmackssinne geradezu Achterbahn fahren.
Besonders die Chilischoten hatten es in sich gehabt und gaben mir auch jetzt noch das Gefühl, Feuer speien zu können. Doch passten sie zu dem Gericht, gaben dem Ganzen mehr Biss.
„Nonna, gehen wir morgen an den See?“, fragte Rose an Esta gewandt, während sie damit beschäftigt war, die Pilze vom Reis zu trennen und an den Tellerrand zu schieben.
„Oma kann doch nicht laufen, das weißt du, mein

Schatz, und iss bitte die Pilze auf."
Lily drehte den Teller so, dass die Champignons direkt vor Rose lagen, die ihren Mund angewidert zusammenpresste. Schmunzelnd fühlte ich mich an meine eigene Kindheit zurückerinnert, denn ich hatte lange Zeit alles verabscheut, das grün gewesen war. Aber so war man als Kind nun mal, die ungesunden, süßen Lebensmittel waren einfach verlockender.

„Und deine Mutter muss arbeiten", fügte Esta hinzu.

Lily streichelte ihrer Tochter den Kopf und beugte sich in verschwörerischer Haltung zu ihr heran. „Ich mache dir einen Vorschlag: Das Wochenende gehört ganz dir, und wenn du dann immer noch willst, gehen wir an den See, in Ordnung? Aber vorher werden die Pilze aufgegessen."

Strahlend ging Rose auf den Handel ein und plötzlich schienen die Pilze gar nicht mehr so schlecht zu schmecken.

„Wenn der unnütze Vater deines Kindes sich besser um euch gekümmert hätte, müsstest du nicht so viel arbeiten und könntest mehr Zeit mit ihr verbringen", murmelte Esta mürrisch in sich hinein. „Aber dieser Versager schmort ja lieber hinter Gittern und besitzt auch noch die Frechheit, uns um Geld anzuhauen!"

Verlegen streifte Lilys Blick den meinen, bevor sie ihre Mutter beschwor:

„Mamma, bitte, wir haben Gäste!"

Diese ließ ein Schnauben hören. „Na, ist doch wahr. Anstatt sich einen anständigen Job zu suchen und

Geld ins Haus zu bringen, überfällt er irgendwelche Großstadtbanker! Wir kommen ursprünglich aus Chicago, musst du wissen, und haben regelrecht von dort fliehen müssen. Die Anwaltskosten haben uns in den Ruinen getrieben und seitdem muss sich meine arme Liliana alleine abmühen."

Befangen starrte ich auf meinen Teller. Esta war wie meine Mutter, dachte ich. Sie plauderte auch gern aus dem Nähkästchen, je unangenehmer die Themen, desto begieriger sprach sie sie an. Als würden sie sich damit von Außenstehenden Hilfe erhoffen.

„Also, *abmühen* ist etwas übertrieben, schließlich liebe ich meinen Job", verteidigte Lily sich.

Ich sah, wie Esta mit der Zunge schnalzte.

„Ja, das tust du, vielleicht sogar *zu* sehr, die körperliche Arbeit laugt dich vollkommen aus. Wenn du dich nicht schonst, Mädchen, wirst du irgendwann wie ich enden!"

Stirnrunzelnd suchte ich Lilys Blick, doch diese tat den Einwand ihrer Mutter mit einem energischen Wink ab. „Mamma, bitte, erzähle keine Schauergeschichten!"

Sie lächelte, gleichzeitig lag aber ein drohender Unterton in ihrer Stimme, der ihre Mutter dazu veranlasste, es gut sein zu lassen.

Die Frage, die sich mir dabei aufdrängte, schluckte ich deshalb hinunter, doch sie schien mir deutlich ins Gesicht geschrieben zu stehen.

„Manchmal ist Liliana ganz außer Atem, wenn sie nach Hause kommt, einmal ist sie sogar zusammengebrochen“, erklärte Esta mir.

„Mamma!“ Nun war Lilys Blick wirklich verärgert, und sie konnte sich gerade noch davon abhalten, mit dem Löffel in ihrer Hand nach ihr zu hauen.

Besorgt suchte ich in Lilys Gesicht nach einem Anzeichen von Unwohlsein oder Krankheit, doch auf mich machte sie einen vollkommen gesunden Eindruck.

„Bist du krank?“, fragte ich dennoch.

„Nicht doch, ich bin nur gelegentlich etwas schwach auf den Beinen, das ist alles“, versicherte sie mir mit einem Lächeln, von dem ich nicht sagen konnte, ob es aufrichtig war oder nicht. Mein Blick schwenkte zu Esta, die sich in bitteres Schweigen hüllte und nicht aussah, als würde ihr das Risotto noch weiter schmecken.

Doch ich wollte die Materie auch nicht weiter vertiefen, allein um Roses Willen und eröffnete ein anderes Gesprächsthema.

Im Grunde ging es mich ja auch gar nichts an, und wenn Lily darüber sprechen wollte, würde sie schon auf mich zukommen.

8

„Danke für die Einladung, das war ein wundervoller Tag." Ich drückte erst Esta, dann Lily und zum Schluss die kleine Rose an mich, die mir einen unerwarteten Kuss auf die Wange gab.

„Bis Montag", sagte sie, dann wurde sie von ihrer Mutter in die Arme gezogen und die Tür wurde geschlossen. Es dämmerte bereits, als ich durch den Vorgarten schritt.

Ich konnte die Sonne am Horizont Zentimeter um Zentimeter sinken sehen, und die Temperaturen waren ebenfalls gefallen. Ich gab der Sonne noch eine halbe Stunde, dann würde sie vollkommen von der Dunkelheit verschluckt worden sein und die Sterne in den Vordergrund rücken.

Was für eine hinreißende Familie dachte ich auf dem Weg zur Bushaltestelle. Abgesehen davon, dass Rose ohne Vater aufwuchs, lebten sie in einer glücklichen Gemeinschaft und das konnte nicht jeder von sich behaupten – meistens nicht einmal Familien, die nach außen hin intakt wirkten.

Und obwohl ich sie natürlich dafür bedauerte, denn auch ich war den Großteil meines Lebens vaterlos gewesen, war es irgendwie tröstend, dass sie ein ähnliches Schicksal teilten.

Mein Vater hatte vielleicht kein offizielles Verbrechen begangen und war hinter Gittern gelandet, aber wenn man mich fragte, war sein plötzliches Verschwinden nicht weniger grausam gewesen.

Natürlich stand es jedem Menschen frei, seine eigenen Entscheidungen zu treffen und vielleicht hatte er sogar plausible Gründe für sich gehabt, aber verzeihen würde ich ihm trotzdem nicht - niemals.

Während der Busfahrt ließ ich meine Gedanken schweifen. Die Stirn an die Scheibe gelehnt betrachtete ich die unzähligen Häuser mit ihren gepflegten Gärten und den Menschen, die sich darin bewegten.

Alles sah so friedlich und ruhig aus, wenn man es aus der Ferne betrachtete, dabei war die Realität meistens eine ganz andere, wie ich nun begriff.

Das, was ich heute über Roses Vater erfahren hatte, machte mir deutlich, dass ich bei Weitem nicht die Einzige in Edlyn Hill war, die an ihren Familienverhältnissen zu knabbern hatte. Natürlich war ich nicht so naiv gewesen, anzunehmen, mich *allein* würden familiäre Probleme plagen, aber lange Zeit hatte ich geglaubt, dass man es nicht schlimmer hätte treffen könnte – das war ein Irrtum.

Wer wusste schon, welche Geheimnisse und Probleme hinter den weiß schimmernden Häuserwänden brodelten? Man musste sich nur mal die

Hawkeys ansehen, die den wohl größten Skandal der Kleinstadtgeschichte geliefert hatten, als es vor einigen Monaten hieß, Samuels Frau hätte versucht, ihn zu ermorden.

Niemand hatte glauben wollen, dass sich solch eine Gräueltat in der sonst so friedlichen Kleinstadt abgespielt haben könnte, bis das Fernsehen im Minutentakt davon berichtet und es auch der Letzte geglaubt hatte.

Nach dem ganzen Trubel war es absolut nachvollziehbar, dass sich Sam und Liz für eine Weile ins Ausland abgesetzt hatten – das hätte ich auch gern getan. Einfach für ein paar Wochen abschalten und das Geschehene hinter mir lassen.

Doch wie sich herausgestellt hatte, lebten nicht nur die Hawkeys oder Lily in verkorksten Familienverhältnissen. Man nehme nur einmal Kyle, der sich mit seinem kriminellen Zwillingsbruder herumplagen musste, was sicher auch nicht leicht war.

Probleme gab es überall, ich war also wahrlich nicht die Einzige, die eine schwere Last zu tragen hatte. Und das war sehr erleichternd, hatte ich doch immer geglaubt, alle anderen würden ein besseres Leben führen.

Mit quietschenden Reifen kam der Bus zum Stehen, für mich das Zeichen, meine Tasche zu schultern und auszusteigen.

Unglücklicherweise hatte ich aber übersehen, dass wir noch nicht an der Haltestelle waren, sondern lediglich an einer Ampel hielten.

Als sie auf Grün schaltete und der Bus sich ruckartig in Bewegung setzte, stolperte ich nach hinten und knickte mit dem linken Fuß um. Ein scharfes Stechen zog sich durch meinen Knöchel und entlockte mir einen Laut des Schmerzes, doch ich konnte mich noch an eine Frau klammern und verhindern, dass ich den Boden küsste.

„Entschuldigung", murmelte ich und bekam von der Frau ein freundliches Lächeln geschenkt. Mit mehr Kraft als vielleicht nötig gewesen wäre, klammerte ich mich an die nächste Stange, und nachdem der Bus dann wirklich gehalten hatte, stieg ich vorsichtig aus.

So sehr ich meinen Fuß dabei aber auch schonte, er tat mit jedem Schritt mehr weh, sodass ich nur beten konnte, dass ich mir keine ernste Verletzung zugezogen hatte - nicht durch so ein dummes Missgeschick.

Ich konnte es mir einfach nicht leisten, bei den Hawkeys auszufallen, und zerbrach mir den Kopf darüber, wie ich meinen Fuß bis morgen schonen konnte, und falls das Stechen schlimmer wurde, ob ich es dann trotzdem riskieren sollte, zur Arbeit zu gehen.

Lily schaffte es ja schließlich auch, ihre *Schwächeanfälle* zu verbergen, wie Esta sie nannte.

Außerdem war es schon schlimm genug, dass ich Chris' Kaffee heute Morgen vergessen hatte. Das sollte an sich zwar nichts Schlimmes sein, aber falls er zu dem Schluss käme, ich wäre mit den Gedanken nicht bei der Arbeit, könnte ihn das seine Entscheidung überdenken lassen. Immerhin hatte ich ihm hoch und heilig versichert, ich würde mich auf meine Arbeit konzentrieren, und davon war ich heute weit entfernt gewesen.

Mit etwas Glück würde er es mir, wegen der Sorge um meine Mutter, nachsehen, aber wenn ich jetzt wegen eines verstauchten Fußes ausfiel, müsste er einen Ersatz für mich finden, und ich war nicht sicher, ob ich dann vor Ende des Arbeitsvertrages wieder zurück wäre.

Von meinen fünf Arbeitswochen waren schon mehr als zwei vergangen und in diesen 17 Tagen hatte ich so viel Geld verdient wie im letzten halben Jahr zusammen.

Wenn ich mich krankschreiben ließe, wäre der Geldsegen vorbei und das wäre ein großer Einschnitt in meine Pläne. Ich brauchte das Geld, um Moms Therapie ein weiteres Stück näher zu kommen, und wenn das bedeutete, mich mit Tabletten vollpumpen zu müssen, um die Schmerzen zu überstehen, dann würde ich das tun!

Ich war so tief in Gedanken versunken, dass ich an dem Lebensmittelmarkt vorbei lief, in den ich eigentlich einen kleinen Abstecher hatte machen wollen. Erst an der kleinen Kreuzung fiel mir meine Unachtsamkeit auf und ich drehte auf halber Straße wieder um. Das war jedoch ein Fehler, wie sich im nächsten Moment herausstellte, denn in der Dämmerung und auf offener Straße bot ich eine perfekte Zielscheibe für das herannahende Auto.

Es kam mit einer Geschwindigkeit um die Ecke gesaust, die mir keine Zeit zum Reagieren ließ. Ein lautes Hupen und ein grelles Licht, das mir die Sehkraft raubte, waren alles, was ich wahrnahm, bevor mich der Wagen traf.

Es ging alles so schnell, dass ich weder den Aufprall spürte, noch sonst irgendetwas. Aber ich *musste* aufgeschlagen sein, denn ich vernahm ein dumpfes Geräusch, als würde etwas Schweres auf der Motorhaube landen.

Das dämmerige Licht des Himmels und der Scheinwerfer vermischten sich zu einem Strudel aus Farben, der auch dann noch vor meinen Augen wirbelte, als ich längst zum Stillstand gekommen war. Erst jetzt, da meine Schulter die Bordsteinkante berührte, wurde mir bewusst, dass ich über die Straße gerollt war.

„Gott, das darf nicht wahr sein!“, vernahm ich eine schockierte Stimme, gefolgt von einer zuschlagenden Autotür. Schritte näherten sich, dann wurde ich an der Schulter herumgedreht und blickte in dunkelbraune Augen.

„Maggy, ist alles in Ordnung?“

Maggy? Woher kannte er meinen Namen? Ich hatte Probleme, etwas zu erkennen, oder eigentlich nicht, denn ich sah den Mann klar und deutlich vor mir.

Vielmehr konnte mein Gehirn sein Gesicht nicht zuordnen, obwohl ich wusste, dass ich es eigentlich müsste.

Auch das zusammenhängende Denken fiel mir schwer, zumindest konnte ich mir nicht erklären, warum ich hier auf dem Boden lag. Ich richtete mich in eine sitzende Position auf und sah mich nach allen Seiten um. Aus welcher Richtung war ich noch mal gekommen?

„Muss Gemüse kaufen“, hörte ich mich murmeln, doch als ich aufstehen wollte, hielten mich nicht nur starke Hände, sondern auch ein fieses Stechen in meinem Fußknöchel davon ab.

„Maggy, du wurdest gerade angefahren!“ Ein Fingerschnipsen, direkt vor meinen Augen, ließ mich blinzeln.

„Scheiße, verstehst du mich überhaupt?“

Es war das eine vulgäre Wort, das mich wieder zur Besinnung brachte. Kurz fragte ich mich, wie der Fremde eigentlich mit mir sprach, bis ich erkannte, dass er gar kein Unbekannter war, sondern niemand Geringeres als Chris Hawkey.

„Oh Gott, das darf nicht wahr sein“, wiederholte ich seine Worte und starrte ihn mit einer Mischung aus Entsetzen und Unglaube an.

„Allerdings. Tu mir einen Gefallen und sieh mich mal an.“ Er nahm mein Gesicht in seine Hände und sah mir tief in die Augen.

„Bist du jetzt wieder bei mir?“

Ich nickte, fühlte aber immer noch einen betäubenden Nebel in meinem Kopf. Es war, als hätte man mir eine rauchige Substanz injiziert, die dort vor sich hinschwebte und mir das Denken erschwerte.

„Man, ich kann nicht glauben, dass ich ausgerechnet dich angefahren habe“, knurrte er und ließ seinen Blick wie ein Röntgengerät über meinen Körper wandern.

„Das ist meine Schuld. Es war rot, ich hätte nicht zurückgehen sollen ...“

„Nein, ist es nicht. Ich bin viel zu schnell um die Ecke gefahren. Du könntest mich dafür sogar anzeigen“, widersprach er mir und grinste flüchtig, als würde ihn der Gedanke erheitern.

Dann wurde er wieder ernst und die Erleichterung darüber, dass ich unverletzt war, war ihm deutlich anzusehen. Zumindest war ich das auf den ersten Blick, denn als er mir aufhelfen wollte und ich vor Schmerzen aufheulte, bildeten sich Sorgefalten auf seiner Stirn.

„Was hast du?“

„Mein linker Knöchel, ich glaube, er ist verstaucht.“

Angespannt zog er die Luft zwischen den Zähnen ein.

„Also habe ich dich doch verletzt.“

„Nein, das warst nicht du, die Zerrung habe ich mir schon im Bus geholt.“

„Dann trage ich dich …“

Er schob seine Hände unter meinen Körper und hob

mich schwungvoll auf die Arme. Überrascht klammerte ich mich an seinen Hals, doch ich protestierte nicht, als er mich zu seinem Wagen trug, denn ohne seine Hilfe hätte ich keinen Meter laufen können.

Die Abenddämmerung hatte beinahe ihren Höhepunkt erreicht, die Sonne, umgeben von einem tiefen Orange, lugte nur noch Zentimeter über dem Horizont auf. Dadurch lag die Straße in fast gänzlicher Dunkelheit, was ein Grund dafür sein könnte, warum Chris mich nicht rechtzeitig gesehen hatte.

Ein ungünstiger Zufall, den ich im Moment aber nicht wirklich bereuen konnte – nicht, während ich in seinen Armen lag. Ich schielte zu ihm auf, sein Blick war konzentriert auf das Auto gerichtet und sein Atem streifte mein Gesicht. Wieder dieses himmlische Parfüm und die Wärme, die er ausstrahlte.

Sie schien aus jeder Pore seines Körpers aufzusteigen, wie Dampf aus einer Schale Saunasteine. Von seinen Händen, die unter meinem Körper lagen, bis hin zu seinem Gesicht und dem Stück nackter Haut, das der tiefe V-Ausschnitt seines Shirts offenbarte.

„Danke“, sagte ich, nachdem er mich auf den Beifahrersitz verfrachtet und mir überflüssigerweise auch noch beim Anschnallen geholfen hatte. Er schenkte mir ein Lächeln, setzte sich hinters Steuer und fuhr los.

„Du hast mir einen ganz schönen Schrecken eingejagt, weißt du das?"
Sein Blick war auf den Fahrweg gerichtet, während er langsamer als nötig durch die Straßen fuhr.
„Das Gleiche kann man auch von dir sagen. Wo wolltest du so schnell hin?", entgegnete ich und betrachtete neugierig sein Seitenprofil.
Er sah wieder ungemein schick aus, sodass ich nicht annahm, dass er mal eben in den Supermarkt hatte fahren wollen.
Er lachte, als hätte ich etwas besonders Lustiges gefragt, und lenkte den Wagen behutsam um die nächste Ecke.
„Das wirst du mir jetzt wahrscheinlich nicht glauben, aber ich war gerade auf dem Weg zu meinem Date."
Meine Gesichtszüge entgleisten und ich verschluckte mich an meiner eigenen Spucke.
„Das ist ein Scherz!"
Doch er schüttelte den Kopf und presste die Lippen in einer übertriebenen Geste zusammen. „Nein, und ich fürchte, nachdem ich sie jetzt auch ein zweites Mal versetzen werde, war's das für mich."
„Oh Gott, es ist auch noch dieselbe?", fragte ich schockiert und registrierte gleichzeitig, dass er nicht wie jemand klang, der deswegen am Boden zerstört war.
Stirnrunzelnd sah er zu mir, als müsste er überlegen, ob ich die Frage ernst meinte.
„Selbstverständlich. Oder denkst du, ich treffe jeden

Tag eine andere?“

Wenn ich ehrlich sein sollte, hatte ich mir sein Liebesleben genauso vorgestellt. Jemand wie Chris, der obendrein auch noch himmlisch gut aussah, sollte keine Probleme haben, von einem Bett ins nächste hüpfen zu können, und außerdem eilte ihm sein Ruf voraus.

Mein Schweigen musste ihm das deutlich gemacht haben, denn er schnaubte verächtlich.

„Hat Catharine dir das erzählt? Du solltest nicht immer alles glauben, was sie über mich verbreitet. Meistens zieht sie mich nur auf - sie liebt es, mich als unverbesserlichen Frauenheld darzustellen. Das macht sie aber nur, weil ich sie ständig wegen ihrer Geschwätzigkeit ärgere. Glaub mir, ich habe kein Interesse daran, ganz *Edlyn Hill* zu daten.“

Irgendwie beruhigte mich der Gedanke, gleichzeitig fragte ich mich aber, warum er mir das überhaupt erzählte. Es klang ja beinahe wie eine Rechtfertigung.

„Vielleicht lässt dein Date ja noch mal mit sich reden. Du musst ihr ja nicht sagen, dass *ich* es bin, der du wieder helfen musst.“

Belustigt stieß er den Atem aus. „Du meinst, ich sollte mit einem Blumenstrauß vor ihrer Tür stehen und sie um Verzeihung bitten? Ich bin nicht der Typ für Entschuldigungen oder besser gesagt, ich habe kein Talent dafür. Meistens glaubt man mir sowieso nicht.“

Die letzten Worte klangen, als wären sie für ihn selbst, anstatt für mich bestimmt, dennoch überraschten sie mich. Das war das erste Mal, dass er etwas aus seinem privaten Leben preisgab – abgesehen von dem natürlich, was ich beim Putzen aufschnappte.

„Kann ich verstehen“, murmelte ich, aber nicht leise genug, denn er hakte sofort nach:

„Warum sagst du das?“

„Na ja, bei deinem Aussehen … würde man dich wahrscheinlich eher bei einer anderen erwarten ...“

Ich hob die Schultern, um ihm zu signalisieren, dass er meinen Gedanken nicht ernst zu nehmen brauchte, und wartete vergeblich auf eine Antwort.

Seine Augen schielten nur kurz zu mir, während sein Kopf weiterhin auf die Straße gerichtet war, dann hüllte er sich die restliche Fahrt in Schweigen. Hatte ich etwas Falsches gesagt?

Das sollte doch bloß ein Kompliment sein. Doch ich traute mich auch nicht, ihn darauf anzusprechen oder das Thema zu vertiefen.

Sein Blick hatte deutlich gemacht, dass wir eine persönliche Grenze erreicht hatten, die er nicht überschreiten wollte, und das akzeptierte ich.

Weil wir heute nicht mit dem Krankenwagen anrückten, mussten wir den öffentlichen Zugang nehmen und das bedeutete, einen elend langen Gang hinunter zu schreiten, ehe wir den Notfallschalter erreichten.

Chris bot es mir zwar an, aber ich verzichtete darauf, mich auf seinen Armen durch die Notaufnahme tragen zu lassen. Wie absolut peinlich wäre das denn bitte gewesen? Stattdessen legte ich einen Arm um seine Schultern, um einen Großteil meines Gewichtes abzustützen und humpelte hinein.

Wir waren nicht die Einzigen in der Aufnahmestelle, genau genommen war sie sogar ziemlich überfüllt, weshalb ich mich auf eine lange Wartezeit einstellte. Schon erstaunlich, so eine Menschenmenge sah ich sonst nur auf dem Wochenmarkt oder im *Café Hawkey*, aber dass sich um diese Uhrzeit so viele Verletzte in der Klinik tummelten, hätte ich nicht erwartet.

„Hältst du es noch aus?“, erkundigte sich Chris zehn Minuten später. Er wirkte ungeduldig, mehr noch als ich, sodass man meinen könnte, er teilte meinen Schmerz.

Wahrscheinlich war er es einfach nicht gewohnt, dass man ihn lange warten ließ, doch ich befürchtete, dass seine Geduld noch eine ganze Weile auf die Probe gestellt werden würde.

Es dauerte nämlich Ewigkeiten, bis die Patienten aufgerufen und in den angrenzenden Untersuchungsraum gebeten wurden.

Weil ich ihm nicht zeigen wollte, wie sehr mir die Schmerzen mittlerweile zusetzten, nickte ich nur, doch an der Art, wie sich sein Blick verfinsterte, musste es mir deutlich anzusehen sein.

Mit schnalzender Zunge fischte er sein Handy aus der Jackentasche und drückte darauf herum - ich versuchte, mich abzulenken, indem ich mir die Patienten ansah.

Ich entdeckte zwei Jugendliche, deren Gesichter aussahen, als hätten sie einen schweren Straßenkampf hinter sich. Den geringschätzigen Blicken nach, mit denen die Rezeptionistin sie gelegentlich bedachte, würden sie wohl am längsten warten müssen.

Zwei Stühle weiter saß ein Farbiger mit einem bandagierten Arm und in der hinteren Ecke entdeckte ich eine ältere Frau mit Nasenbluten.

Das waren die einzigen Patienten, denen ich sichtbare Verletzungen zuordnen konnte, aber genau wie in meinem Fall bedeutete das nicht zwangsläufig, dass sie nicht minder verletzt waren.

Vermutlich ging es ihnen weitaus schlechter als mir, wobei das nur schwer vorzustellen war, wenn sich der eigene Fuß anfühlte, als würde ein Knochen daraus hervorstehen …

„Mrs. Carter“, wurde ich Minuten später aufgerufen. Allerdings nicht, wie erwartet, von der Sprechanlage über meinem Kopf, sondern vom offenen Gang her.

Verwundert drehte ich mich zu der Stimme um und entdeckte Dr. Benner, der mich zu sich heranwinkte. Aber warum zog er mich den anderen vor und woher wusste er noch meinen Namen?

Fragend schaute ich zu Chris, der sich jedoch keinen Kopf darüber zu machen schien, sondern eilig aufstand und sich meinen Arm um die Schultern legte. Perplex ließ ich mich zum Doktor führen, der uns mit einem freundlichen Lächeln erwartete.

„Chris, mein Freund, ich bin so schnell gekommen wie ich …“

Er brach abrupt ab, und weil ich bei Chris‘ Namensnennung zu meinem Chef blickte, sah ich auch, wie er dem Doktor einen mahnenden Blick zuwarf. Mich traf der Schlag.

„Freund? Ihr kennt euch also?“

Über meinen Kopf hinweg sah ich sie eindringliche Blicke tauschen, dann schien es Dr. Benner zu dämmern.

„Oh, hast du es ihr noch nicht …?“

Chris schüttelte den Kopf, die Lippen resigniert zusammengepresst. „Ich wollte es dir gerade schreiben, aber da standest du schon hinter uns.“

Sein Blick schwenkte zu mir. „Da die Katze ja aus dem Sack ist … Maggy, das ist mein bester Freund, Jeremy.“

Der Angesprochene streckte mir die Hand entgegen, doch ich behielt meine an Ort und Stelle, fest an mein Bein gepresst.

„Das glaube ich jetzt nicht. Dann hast du es die ganze Zeit gewusst, oder? Das mit meiner Mutter."

Vorwurfsvoll war mein Blick auf Chris gerichtet, der ihn ruhig erwiderte. Aus dem Augenwinkel sah ich, wie Jeremy seine Hand sinken ließ.

„Schon, aber ... hör zu, ich wollte dich nicht in Verlegenheit bringen und ich muss Jeremy in Schutz nehmen. Er hat sich an die Schweigepflicht gehalten und niemandem davon erzählt, selbst mir anfangs nicht."

„Bis wir zusammen ein paar Bier trinken waren", sprach Jeremy weiter.

„Und es ihm herausgerutscht ist."

„Zu spät, du *hast* mich bereits in Verlegenheit gebracht", sagte ich und fühlte nichts als Enttäuschung.

Mit einem einzigen Satz hatte er mich entblößt und gab mir das Gefühl, eine Schnecke zu sein, der man das schützende Gehäuse von den Schultern gerissen hatte. Da war ich immer so bemüht darum gewesen, das Geheimnis zu wahren, dass ich mir nie Gedanken darüber gemacht hatte, was ich tun würde, wenn es einmal gelüftet würde.

„Jetzt leuchtet mir auch die niedrige Krankenhausrechnung ein", sagte ich kopfschüttelnd. „Ich nehme an, dass du demnach auch weißt, dass wir nicht versichert sind?“

Anstatt zu antworten, presste er die Kiefer zusammen, wie jemand, der kein Öl ins Feuer gießen wollte und sich sicherheitshalber in Schweigen hüllte. Da schaltete sich Jeremy ein. „Das sollten wir vielleicht nicht unbedingt im Gang klären ...“

Ich schaute von einem zum anderen. „Wisst ihr, am liebsten würde ich euch jetzt stehen lassen, aber ich fürchte, ohne Hilfe kann ich mich keinen Zentimeter bewegen.“

„Ein Grund mehr, nicht hier zu bleiben. Komm, ich sehe mir das mal an.“

Damit bot Jeremy mir seinen Arm, und ich ließ mich wortlos von ihm wegführen – während Chris uns wie ein Schatten folgte.

Ob sein Schweigen daher rührte, dass er ein schlechtes Gewissen hatte, wusste ich nicht, aber eigentlich konnte er auch gar nichts dafür, rief ich mir in Erinnerung.

Wenn, dann trug allein ich die Schuld, denn ich hatte nicht erwarten können, dass mein Geheimnis nie ans Licht käme.

Wie sich bei der Untersuchung herausstellte, war mein Knöchel nur leicht angeschlagen und die Schwellung wesentlich größer als der Schaden. Nichts, was man nicht sofort wieder richten könnte.

Jeremy verabreichte mir eine schmerzlindernde, heilende Salbe, legte mir einen engen Verband an und gab mich auch schon wieder frei. Ich war erstaunt, wie schnell ein Balsam und eine Bandage zur Besserung verhalfen, aber ich konnte den Fuß tatsächlich wieder schmerzfrei aufsetzen – lediglich ein schwaches Ziehen wahrnehmend.

„Ein Tag Ruhe sollte reichen. Du wirst sehen, morgen früh wird die Schwellung wesentlich zurückgegangen sein und übermorgen kannst du auch schon wieder richtig laufen."

„Vielen Dank", sagte ich und sah dann zu Chris. „Meinst du, du kannst mir einen Tag freigeben?"

„Selbstverständlich." Und an Jeremy gewandt: „Danke, dass du dich so schnell um sie gekümmert hast, wir sehen uns nächste Woche."

Damit machten wir uns auf den Rückweg, und ich war erleichtert, dass mir das Laufen keine Probleme mehr bereitete. An seinem Wagen angekommen hielt Chris mir die Beifahrertür auf – er schwieg immer noch wie ein Grab.

„Tut mir leid, dass ich gerade so patzig zu dir war", hob ich an, nachdem er losgefahren war. „Ich habe total überreagiert."

„Alles gut, so eine Situation ist für niemanden leicht. Ich mache dir keine Vorwürfe."

Seiner Stimme konnte ich nicht entnehmen, ob er mir böse war oder nicht, aber wenn es nicht der Fall war, warum war er dann so schweigsam?

„Das ist sehr großzügig von dir – überhaupt alles, was du für mich tust."

Ein Lachen platzte aus mir heraus.

„Ich bin bestimmt die nervigste Mitarbeiterin, die du jemals hattest."

Er grinste, während seine Augen weiterhin auf die Straße gerichtet waren.

„Zumindest habe ich noch für keine Mitarbeiterin den Chauffeur gespielt. Aber mal im Ernst, in den beiden Situationen hätte dir doch jeder geholfen. Außerdem habe ich dich heute angefahren, ich schulde dir mindestens einen Drink."

Sein Blick huschte zu der integrierten Uhr des Wagens.

„Aber vielleicht nicht unbedingt heute. Es ist spät."

„Sicher, dass du *mir* einen Drink schuldest? Ich habe dich jetzt zweimal um ein Date gebracht."

Er drehte an der Klimaanlage herum, bis uns warme Luft entgegenblies, und ließ dabei seine Mundwinkel zucken.

„Weißt du, irgendwie bin ich nicht wirklich traurig darüber, es sollte wohl nicht sein."

Tja. Bei der Vielzahl an Anwärterinnen würde er sicher keine Probleme haben, weiterzusuchen. Ich fragte mich, wo die Reise eigentlich für ihn hingehen sollte und ob er sich jemals Gedanken darüber gemacht hatte.

Er behauptete zwar, kein Schürzenjäger zu sein, aber nach festen Beziehungen suchte er offenbar auch nicht.

Zumindest war öffentlich noch nie durchgesickert, dass er eine Partnerin gehabt hätte. Was ich nicht dafür geben würde, genau jetzt seine Gedanken lesen zu können. Doch stattdessen musste ich mich von ihm verabschieden, denn wir hatten unser Ziel erreicht.

„Also dann, danke fürs Fahren."

„Danke, dass du mich nicht angezeigt hast."

Lachend stieg ich aus und beugte mich noch einmal zu ihm hinunter. „Vielleicht mache ich das ja noch. Je nachdem, ob mir der Gehaltsscheck am Ende des Monats passt."

Das Zuschlagen der Beifahrertür dämpfte sein Lachen, doch es hallte noch in meinen Ohren, als ich längst im Bett lag. Nein, ich bereute es wirklich nicht, von ihm angefahren worden zu sein.

9

„Weißt du was, ich habe heute unheimlich Lust, einkaufen zu gehen“, verkündete meine Mutter und sah mich tatenfreudig an. Ich saß neben ihr auf dem Sofa, in der einen Hand eine Chipstüte und in der anderen ein Limoglas, das ich bei ihren Worten allerdings von meinen Lippen sinken ließ.

Seit ihrer Entlassung aus der Klinik hatte sie keinen Tropfen Alkohol getrunken und das machte mich achtsam. Ich weiß, ich sollte mich darüber freuen – Herr Gott, schließlich war es das, was ich mir all die Jahre gewünscht hatte, aber etwas hinderte mich daran – eine unterschwellige Behutsamkeit, die nur darauf wartete, dass Mom die Kontrolle verlor.

Ich meine, war es denn wirklich so gesund, auf kalten Entzug zu gehen? Was die Bekämpfung einer Alkoholsucht anging, gab es ja verschiedene Möglichkeiten.

Von suchtlindernden Medikamenten und langsamer Entwöhnung bis hin zum kalten Entzug. Doch genau Letzterem wollte ich nicht recht über den Weg trauen – nicht bei meiner Mutter.

Andererseits hatte ich jeden Winkel des Hauses abgesucht und nirgends eine Flasche gefunden.

Weder im Kühlschrank, im Keller, noch in der Zimmerecke oder einem ihrer diversen Geheimverstecke.

Sie war tatsächlich trocken, und ich musste es wissen, denn ich merkte sofort, wenn sie Alkohol zu sich genommen hatte, sei es auch nur einen kleinen Schluck. Dennoch konnte ich dem Frieden nicht recht trauen – es fühlte sich eher wie die Ruhe vor dem Sturm an – und das war mir offenbar deutlich anzumerken.

„Was guckst du denn so skeptisch? Erst predigst du mir jahrelang, ich sollte mit dem Trinken aufhören, und wenn ich es tue, freust du dich gar nicht darüber."

„Doch, natürlich. Ich finde es wunderbar, nur … willst du nicht wenigstens Medikamente nehmen? Ich habe einfach Angst, dass du rückfällig wirst, wenn du den kalten Entzug durchziehst."

Da legte sie mir eine Hand auf den Arm, eine Geste, die schon so lange vergessen war, dass ich beinahe davor zurückschreckte.

„Ich schaffe das, Liebling, diesmal will ich es wirklich durchstehen."

Ihr aufrichtiger Blick ließ keinen Zweifel an der Ernsthaftigkeit ihrer Worte, und nachdem ich noch einen endlosen Augenblick gezögert hatte, gab ich mich schließlich geschlagen.

Zum Teufel mit meinen Bedenken, die mir ohnehin nur Kopfschmerzen und schlaflose Nächte bereiteten.

Sie war meine Mutter, und wenn sie es wirklich versuchen wollte, sollte ich ihr vertrauen und sie unterstützen. Also tat ich etwas, das ich schon lange nicht mehr gewagt hatte, ließ alle Ängste und Zweifel los und gab unserem Glück eine letzte Chance.

„Also gut, gehen wir einkaufen."

Damit machten wir uns zur Einkaufsmeile auf, und war es anfangs noch absolut befremdlich für mich, mit ihr durch die Straßen zu laufen, machte sich im Laufe des Tages ein warmes Gefühl in mir breit.

Ich schlenderte durch die Straßen! Mit meiner Mutter! Ich musste träumen, befand ich, und selbst als wir am Abend wieder zu Hause waren, wollte mich die euphorische Stimmung nicht verlassen.

„Wollen wir morgen zum Friseur gehen?", fragte sie, kaum, dass wir unsere Jacken ausgezogen und die Einkaufstüten abgestellt hatten.

Lachend schüttelte ich den Kopf, weil ihre kindliche Freude ansteckend war und auf mich abfärbte. Sie kam mir wie eine Blume vor, die zu lange im Schatten eines dicht bewachsenen Gebüsches gestanden und die man nun unter freiem Himmel gepflanzt hatte. Strahlend vor Glück saugte sie jeden einzelnen Sonnenstrahl in sich auf, so wie Mom heute die Eindrücke der Stadt in sich aufgenommen hatte.

„Ja, natürlich, alles, was du willst."

Also holte ich sie nach der Arbeit von zu Hause ab, fuhr mit ihr zum Friseur und danach ins Café Hawkey, um Cat zu besuchen. Sie war äußerst erstaunt, als ich mit Mom durch die Tür kam und wir ihr erzählten, dass ihre Phobie nachgelassen hatte.

Ich war so überglücklich, dass ich nicht einmal das schlechte Gewissen verspürte, das mich immer dann einholte, wenn ich meine Freunde belog, doch es dauerte nicht lange, bis ich die Rechnung dafür bekam.

Ich war mir ziemlich sicher, dass es an meinem neuen Karma lag, das ich anfangs für gut gehalten hatte und das sich zwei Tage später als das genaue Gegenteil entpuppte.

Es war ein Samstagnachmittag, als ich nichtsahnend nach Hause kam und meine Mutter auf dem Wohnzimmersofa vorfand. Zuerst blieb ich wie erstarrt stehen und das Herz gefror mir in der Brust.

Seitdem Mom die Klinik verlassen hatte, seitdem sie also trocken war, hatte sie nicht mehr dort gesessen. Sie war zu neuem Leben erwacht, ging einkaufen oder spazieren, bemühte sich um eine Arbeitsstelle, säuberte den Haushalt oder ging ihrem alten Hobby, dem Gärtnern, nach.

Aber nie wieder hatte sie seitdem tatenlos auf dem Sofa gesessen. Deshalb war mein erster Gedanke auch, dass sie getrunken hatte.

Mit rasendem Puls betrat ich das Wohnzimmer, wobei meine Blicke schon beinahe panisch ihre Hände und die Umgebung nach einer Flasche absuchten.

Glücklicherweise war mein Sondieren aber erfolglos

und mir fiel stattdessen ihr tränenüberströmtes Gesicht ins Auge.

„Mom, was ist passiert?", fragte ich und eilte zu ihr. Ich packte sie bei den Schultern und beugte mich zu ihr herunter, dabei erwischte ich mich dabei, wie ich einen unauffälligen Atemzug nahm. *Sie riecht nicht nach Alkohol*, stellte ich erleichtert fest.

„D… dein Zimmer, es …"

„Ja? Was ist damit?", hakte ich nach, weil sie vollkommen aufgelöst wirkte und in Richtung Treppe deutete.

„Jemand war hier, Maggy. Ein … Einbrecher."

„Oh mein Gott!" Mit einem Gefühl, als hätte man mir einen Eiszapfen ins Herz gestoßen, schlug ich die Hände vor den Mund.

„Hat er dir etwas getan?"

Sie schüttelte den Kopf, ihre Schultern hingen kraftlos herunter und sie machte ein schuldbewusstes Gesicht. Doch als ich mich nach allen Seiten umsah, musste ich feststellen, dass alles beim Alten war. Ich sah weder aufgerissene Kommoden, noch zerschlagene Vitrinen oder Gegenstände auf dem Boden liegen. Absolut nichts deutete darauf hin, dass etwas gestohlen wurde.

„Was wurde mitgenommen?"

„Das ist es ja gerade … gar nichts. Zumindest nichts, was ich auf den ersten Blick erkennen konnte. Aber, Schatz, er … er war in deinem Zimmer …"

Noch bevor sie das nächste Wort gesprochen hatte,

war ich bereits auf dem Weg zur Treppe. Der Eiszapfen breitete sich rasend schnell aus und ließ mein Herz gefrieren. Der Gedanke, der in mir aufkeimte, war zu unglaublich, um ihn zuzulassen. *Absolut unmöglich!*, dachte ich und stieß die Zimmertür auf.

Irgendwann, so hatte ich mir einmal vorgenommen, würde ich ein richtiges Prinzessinnenzimmer haben.

Mit lilafarbenen, schweren Vorhängen, einem weißen Himmelbett mit goldener Tagesdecke und lila Kissen, einer kleinen Leselampe auf meinem Nachtschränkchen, wunderschönen Kommoden und einem gewaltigen Kleiderschrank, der immer noch zu klein wäre, um die Massen an schönen Kleidern zu fassen … die ich natürlich nicht hatte. Und auch sonst war mein Zimmer weit von meiner Vorstellung entfernt. Das Mobiliar war bunt zusammengewürfelt, die Matratze so sehr durchgelegen, dass ich längst einen Buckel haben müsste, und die Gardinen nichts weiter als weißer, lichter Stoff.

Mein einziges Vermögen lag unter meinem Bett, versteckt in einer blauen Kiste, die mir meine Kommilitoninnen Olivia, Cat, Sophia und Tara zu meinem 18. Geburtstag geschenkt hatten.

Die Scherzartikel darin hatte ich mittlerweile verwendet oder aufgebraucht, mit Ausnahme des Kondoms und des Geldes.

Letzteres hatte ich in der Kiste gelassen, es waren die ersten Dollar, die ich für Mom gespart hatte, das

Kondom musste noch irgendwo in meiner Kommode liegen – natürlich unbenutzt.

Meine Beine zitterten entsetzlich, während ich mich dem Bett näherte, und mein Hals fühlte sich so trocken an, dass es mich nicht gewundert hätte, wenn ich Staub gehustet hätte.

„Es ist meine Schuld. Ich habe die Haustür offen stehen gelassen, während ich im Garten war. Ich hatte gerade die Blumen gegossen, als ich durch das gekippte Fenster Geräusche aus deinem Zimmer gehört habe. Ich dachte, du wärst es und wollte reingehen, als plötzlich eine vermummte Gestalt aus der Haustür geschossen kam und …"

Ich hörte ihr kaum zu, denn als ich meine Finger unter das Bett schob, fühlte ich meinen Verdacht bestätigt. Die Kiste war fort und auch ein Blick unter das Bett bestätigte es mir!

„Wie hat er ausgesehen?", fragte ich mit Tränen in den Augen. Ich war so wütend, dass ich am liebsten losgeheult hätte, doch etwas hielt mich davon ab. Mein Trotz, ihm diese Genugtuung nicht zu geben.

„Ich, äh, also ich weiß nicht, er war vermummt und in schwarze Sachen gehüllt ..."

Ein bitteres Lachen entfuhr mir, während ich mich aufrichtete, und meine Mutter beobachtete mich irritiert.

„Und? Fehlt etwas?"

Ich starrte sie mit jagendem Puls an, meine Mutter hatte keine Ahnung, dass ich Jahre lang für sie sparte

… *gespart hatte*, korrigierte ich mich, denn das Geld war ja weg.

„Ja, eine Kiste."

„Eine Kiste", wiederholte sie. „Und was war drin?"

„Etwas Persönliches, und ich glaube, ich weiß auch, wer es genommen hat", sagte ich mit finsterem Blick und angelte mein Handy aus der Hosentasche. Es gab nur drei Personen, denen ich von der Kiste erzählt hatte: Cat, Kyle und seinem Zwillingsbruder Shane. Es war also kein wirkliches Rätsel, wer mich bestohlen hatte!

„Rufst du jetzt die Polizei?", fragte Mom, die mich immer noch mit einer Mischung aus Angst und Verwirrung betrachtete.

„Nein, ich organisiere eine Party."

Lorham war rauer als Edlyn Hill und das nicht nur, was die Gestaltung der Häuser betraf.

Die Nachbarstadt lag nur eine Autostunde von uns entfernt und ebenso wie sich die aschgrauen, zusammengewürfelten Gebäude von unseren einheitlichen weißen unterschieden, taten es auch die Menschen. Nicht umsonst war Edlyn Hill die wohlhabendste Kleinstadt in Kansas. Man könnte fast sagen, bei uns lebte die Ober- und Mittelschicht … und jene wie ich, die sich gerade noch so zur Mittelschicht zählen konnten.

Ich fand die Begriffe Oberschicht, Mittelschicht und Unterschicht furchtbar, schließlich waren wir alle gleich und niemand besser als der andere. Trotzdem ließen sich damit am besten die Verhältnisse beschreiben, in denen wir lebten.

Bei Nacht war Lorham nicht gerade für seine Sicherheit und Freundlichkeit bekannt.

Viele sozialschwache Einwohner, der Ruf eine begehrte Partystadt zu sein, gemischt mit der Feierlaune der jüngeren Generation, konnten ein gefährlicher Cocktail sein.

Nicht selten kam es hier zu Schlägereien und anderen Zwischenfällen, doch das hielt die Menschen nicht davon ab, sich hier zu amüsieren und immer wieder herzukommen.

Natürlich lebten dort auch mittelständige Menschen – Lorham war schließlich kein Ghetto - meistens waren es jene, die sich das Leben in Edlyn Hill nicht leisten konnten oder wollten, aber der ärmere Teil überwog doch eindeutig. Dementsprechend rauer waren auch die Straßen, sobald die Sonne untergegangen war.

Mein Wissen darum hielt mich aber auch heute nicht davon ab, eine Party in *Jackson's Bar* zu schmeißen – wenn der Anlass heute auch ein ganz anderer war. Voller Stolz konnte ich aber behaupten, dass es auf meinen Partys noch keine größeren Zwischenfälle geben hatte – gelegentliche Rangeleien außer Acht gelassen, denn die waren einfach nicht zu vermeiden, wenn Alkohol und zu viel Testosteron zusammenkamen.

Für den heutigen Tag konnte ich allerdings nichts garantieren, denn ich war so wütend auf Shane, dass ich ihn am liebsten eigenhändig erwürgt hätte. Wie konnte dieser Kerl es wagen, mich in meinem eigenen Haus zu bestehlen?!

Kannte er denn gar keine Skrupel, einer alleinstehenden Frau solch eine Angst einzujagen? Ich wollte mir nicht einmal vorstellen, wie es Mom ergangen sein musste, als sie seine vermummte Gestalt aus dem Haus hatte stürmen sehen. Und dass er nicht einmal davor zurückgeschreckt war, eine Freundin seines Bruders zu beklauen, dafür fehlten mir einfach die Worte.

„Kannst du mir jetzt bitte verraten, warum zum Teufel ich das machen soll?“, drang Kyles Stimme durch die Lautsprecheranlage meines Autos. Ich hatte sie mit dem Handy verbunden, damit ich die Hände sicher auf dem Lenkrad lassen konnte, während ich mit ihm telefonierte.

„Das kann ich nicht. Bitte, sorg einfach dafür, dass Shane heute auf diese Party kommt.“

„Wie stellst du dir das vor? Selbst wenn ich dir helfen wollte – was nicht der Fall ist, weil mein Bruder nämlich unberechenbar ist - er wird niemals auf mich

hören."
Ich atmete ungeduldig aus. Er musste einfach kommen, ich musste ihn zur Rede stellen.
„Kannst du ihm nicht einfach sagen, dass ihn ein heißes Mädchen sehen will? Er ist doch sowieso hinter jedem Schlüpfer her."
Ich konnte förmlich sehen, wie Kyle den Kopf schüttelte. Worum ich ihn da bat, gefiel ihm ganz und gar nicht - vor allem, weil ich meine Beweggründe im Dunkeln ließ. Aber ich konnte es ihm noch nicht sagen. Er atmete tief durch.
„Okay, ich versuche es. Und du willst mir wirklich nicht sagen, warum du ihn treffen willst?"
„Vertrau mir einfach, Kyle, bitte."
„Dir vertraue ich ja, aber Shane nicht! Er ist ziemlich gerissen, musst du wissen. Mittlerweile weiß er genau, welchen Leuten er aus dem Weg gehen muss, um nicht in meinen Radar zu geraten. Deshalb habe ich auch keine Ahnung, was er den lieben langen Tag treibt …"
Ich schon, Leute ausrauben!
„Ich will nur nicht, dass du etwas Unüberlegtes tust, Maggy."
„Mach ich nicht, Kyle, und sobald ich mit ihm gesprochen habe, sage ich dir auch, worum es geht, in Ordnung?"
Wieder seufzte er.
„In Ordnung, ich schick dir eine Nachricht, wenn ich ihn am Haken habe."

„Danke, Kyle, du hast was gut bei mir. Und petze es auf keinen Fall Cat!“
Er lachte und legte auf.

Eine knappe Stunde später kam ich in Lorham an und parkte den Wagen direkt vor *Jacksons Bar* – dort, wo er mir stets einen privaten Parkplatz zur Verfügung stellte, wenn ich meine Leute in seine Bar lotste.
Wie immer war das Lokal bereits gut gefüllt, aber von Shane keine Spur, als ich durch die Räumlichkeiten lief und meine Gäste begrüßte.
Nicht einmal zehn Minuten, nachdem ich mit Kyle telefoniert hatte, hatte er mir die Bestätigung geschickt, dass Shane kommen würde, was mich ganz hibbelig gemacht hatte.
Eine Drohung mit einer Anzeige würde ihn schon dazu bringen, das Geld rauszurücken, und falls nicht, würde ich jeden Schein einzeln aus ihm herausprügeln, darauf konnte er sich verlassen. Ehrlich, er hatte keinen Schimmer, mit wem er sich da angelegt hatte, ich hatte die letzten drei Jahre doch nicht jeden einzelnen Dollar gespart, damit ich ihn jetzt damit durchbrennen ließ!

Jackson war heute nicht in der Bar, dafür begrüßte mich der blonde Barkeeper Ridley, mit dem ich mich schon öfter unterhalten hatte.

„Hey, Maggy, das Übliche?“, fragte er und hatte bereits ein Cocktailglas in der Hand, doch ich schüttelte den Kopf.

So sehr ich jetzt auch etwas Alkoholisches vertragen könnte, um meiner Aufregung entgegenzusteuern, aber ich wollte absolut Herr meiner Sinne sein, wenn ich Shane gegenübertrat.

„Heute nur Wasser, Ridley, danke.“

Zwei Wassergläser später sah ich im Spiegel der Bar eine dunkle Gestalt durch die Tür kommen und mein Herz machte einen Satz. Da war er und er betrat soeben die Bar!

Ich machte mich klein und schob die Haare vor das Gesicht, damit er mich nicht sofort erkannte, doch ich brauchte mir die Mühe nicht zu machen, denn er steuerte zielstrebig den Raucherbereich an und sah nicht einmal in meine Richtung.

Leider war er nicht allein, er wurde von einem dunklen Schatten verfolgt, der mit seiner schieren Größe glatt als sein Bodyguard durchgehen konnte. Na klasse! Kam er immer in Begleitung, wenn er ein Mädchen klarmachen wollte?!

„Hey, Miles“, hielt ich den schlaksigen Rotschopf auf, der gerade aus der Herrentoilette kam und an der Bar vorbeilief. „Kannst du mir einen Gefallen tun?“

Er war ebenfalls Student, der Bibliothekar unserer Uni, und er war mein Fan der ersten Stunde, seitdem er auf meiner ersten Feier seine Freundin kennengelernt hatte. Da sollte doch mal einer sagen, Partys trügen nur zur Verblödung der Jugend bei und hätten keinen Mehrwert.

„Klar, was gibt's?"

„Kannst du dem schwarzhaarigen Kerl dort an der Säule sagen, dass seine Verabredung vor der Tür wartet? Und sag ihm, er soll alleine kommen, ohne seinen bärigen Freund."

Er folgte meinem Blick und schaute dann grinsend zu mir. „Soll ich das mit dem Bären ebenfalls übermitteln?"

Zur Antwort lachte ich nur und schubste ihn in die besagte Richtung, wobei ich nicht annähernd so locker war, wie ich mich gab. Zum ersten Mal fragte ich mich nämlich, wie Shane reagieren würde, ich wollte ihn absichtlich nicht in der Bar haben, weil er sich unbeobachtet fühlen und in Sicherheit wiegen sollte.

Ich wollte ihm die Chance auf ein ungesehenes Geständnis und eine außergerichtliche Einigung geben. Ehrlich gesagt hatte ich nämlich überhaupt keine Lust auf ein Gerichtsverfahren und würde liebend gern darauf verzichten. Ich wollte nur mein Geld zurück, nichts weiter.

Erleichtert beobachtete ich, wie sich Shane aus der Menge löste und in Richtung Ausgang lief – allein.

Dann geht es jetzt wohl los, dachte ich mit schweißnassen Händen und folgte ihm in einigem Abstand.

Draußen angekommen erwarteten mich allerdings nur Dunkelheit und eine schwache Straßenbeleuchtung. Verdammt, wo war der Kerl? Ich hatte doch gesagt, er sollte vor der Bar warten!

Mit verärgerter Miene bewegte ich mich von dort weg und entdeckte keine zehn Schritte weiter eine schmale Seitengasse. Herrje! Dieser Perverse hatte sich doch nicht etwa dort drin versteckt, um mit seiner Begleitung – also mir – ungestört zu sein, oder? Allerdings lagen nur etwa drei Meter der Gasse im Dunkeln.

Der hintere Teil wurde beleuchtet und mündete in einen großen Hof, der ebenfalls erhellt war. Ich sah mich nach allen Seiten um, ob ich ihn vielleicht doch noch entdeckte, und sah dann tatsächlich, dass dort jemand auf dem Hof stand. Genauer gesagt lehnte er mit einem angewinkelten Bein an einer Backsteinmauer und sah direkt in meine Richtung.

„Oh Gott! Sag bloß, *du* bist die heiße Braut, die mich treffen will?!“, empfing er mich schon von Weitem und stieß sich von der Mauer ab, in der Hand eine glühende Zigarette.

Ich ließ seine Beleidigung unkommentiert und hielt zielstrebig auf ihn zu. Ich dachte gar nicht daran, mein Tempo zu verringern, am liebsten hätte ich ihn nämlich in die Wand gerannt.

So mutig war ich dann aber doch nicht und blieb etwa

einen Meter vor ihm stehen.

„Es gibt keine *heiße Braut*! Das war nur ein Vorwand, um dich hierherzulocken“, sagte ich und verschränkte die Arme vor der Brust.

„Okay, das ist jetzt irgendwie gruselig. Und was genau willst du jetzt von mir? Bist du ein Groupie oder so?“

„Was ich hier will? Das kann ich dir ganz genau sagen. Rück mein Geld raus, Shane, auf der Stelle!“

Ich stieß ihn mit der Hand an, doch beunruhigenderweise bewegte er sich keinen Millimeter nach hinten.

Er lachte. „Wie bitte?

„Mein Geld. *Das*, was du heute Nachmittag aus meinem Zimmer gestohlen hast!“

Amüsiert zog er an seiner Zigarette. „Du meinst aus der Kiste unter deinem Bett?“

„Dann gibst du es also zu!“, sagte ich zufrieden, während mein Herz aufgeregt hüpfte. Das war ja leichter als erwartet. Seine dunklen Augen sahen auf mich herab. Augen, die Kyles so ähnlich waren und doch von etwas Wildem ergriffen waren das dem sympathischen Rodeo-Star fehlte.

Und obwohl ich wusste, dass Shane nicht mein Freund war, wollte ein Teil von mir ihm Sympathie entgegenbringen. Ich konnte mir einfach nicht vorstellen, dass mir diese Person etwas Böses tun konnte, aus dem einfachen Grund, weil mir sein Gesicht so vertraut war und ich schon unzählige Male mit ihm gelacht hatte.

„Nein, gebe ich nicht zu. Ich will nur herausfinden, wie viel du getrunken hast.“

„Gar nichts, aber wenn das so ist, wirst du ja sicher nichts gegen eine polizeiliche Untersuchung haben, oder?“, fragte ich und hob provozierend die Brauen.

Schlagartig verschwand der amüsierte Ausdruck aus seinen Augen, und ich hatte sofort das Gefühl, einen Fehler begangen zu haben.

Langsam verringerte er den Abstand zwischen uns, bis sich unsere Oberkörper beinahe berührten und ich automatisch einen Schritt zurückwich.

„Vorsicht, Kleine, seitdem ich im Knast war, reagiere ich äußerst empfindlich auf Drohungen, und wenn du schon eine aussprichst, solltest du auch Manns genug sein, das Echo vertragen zu können. Bist du Manns genug?“

Ich spürte seinen Atem auf meinem Gesicht, der nach Tabak und Minze roch, und begegnete seinem finsteren Blick. Ein Blick, der mich immer noch verwirrte, denn mein Gehirn wollte ihn immer wieder für Kyle halten. Doch Kyle würde eine Frau niemals so finster ansehen und ganz bestimmt würde er sie nicht bedrohen.

„Ich habe keine Angst vor dir, ich will mein Geld, Shane!“, sagte ich und hielt seinem Blick stand. Alles in mir sträubte sich vor seiner Nähe, schrie mir zu, die Beine in die Hand zu nehmen und abzuhauen, doch ich weigerte mich, dem nachzugeben. Ohne das Geld wäre meine jahrelange Mühe umsonst und weitere drei Jahre würde Mom ihre Sucht sicher nicht überstehen. Zugegeben, sie war im Moment trocken, aber das bedeutete nicht, dass sie nicht rückfällig werden konnte. Sie musste die Therapie machen, ob sie Alkohol trank oder nicht.

Hier ging es also nicht nur um meine Sicherheit, sondern um ihr Leben und das war es wert, sich mit diesem Kriminellen anzulegen. Anders als erwartet lächelte Shane plötzlich und trat einen Schritt zurück. Sofort fühlte ich mich nicht mehr so beenget und atmete auf.

„Ich glaube dir, dass du keine Angst hast, aber ich muss dich leider enttäuschen. Ich habe dein Geld nicht."

Ich wollte ihn gerade anfahren, als eine Stimme hinter mir erklang.

„Wo bleibst du denn so lange?" Die Frage kam von seinem hünenhaften Freund, der um mich herum ging, mich dabei aufmerksam betrachtete und schließlich zwischen mir und Shane stehen blieb. Genau genommen stand er nicht zwischen uns, aber er hätte nur seinen Arm ausstrecken müssen, um uns damit voneinander zu trennen.

„Ich komme gleich. Wie sich herausgestellt hat, ist mein *heißes* Date eine geistig verwirrte Freundin meines Bruders, die tatsächlich der Meinung ist, ich hätte ihr heute Geld gestohlen – direkt aus ihrem Zimmer!"

Ich ignorierte das Lachen seines Freundes und

konzentrierte mich allein auf Shane. Wenn Blicke töten könnten, wäre er gerade qualvoll zugrunde gegangen.
„Ich vermute es nicht nur, ich weiß es sogar, du Bastard!“
Provozierend blies er mir Rauch ins Gesicht, was bei mir kurzzeitig die Sicherung durchbrennen ließ. Bevor ich begriff, was ich da tat, hatte ich seinen Arm gepackt, doch im selben Moment wurde der meine von meinem Nebenmann weggerissen.
„Du nimmst dir ganz schön viel raus, Kleine“, knurrte er und funkelte mich finster an. Sein Atem stank nach Alkohol und sein Blick war auch nicht mehr der klarste, ganz anders als Shanes, der die Szene interessiert beobachtete.
„Lass mich los“, fauchte ich, doch so sehr ich auch an meinem Arm rüttelte, sein Griff blieb unerbittlich. Er beachtete mich auch nicht weiter, sondern wandte sich an Shane. „Soll ich mich um sie kümmern?“
„Lass das, verdammt noch mal, sie ist eine Freundin meines Bruders!“
Shane klang genervt und wegen der Handgreiflichkeit seines Freundes auch ein wenig verärgert. Dieser ließ mich augenblicklich los.
„Lass uns noch kurz alleine, ich komme gleich nach“, fügte er hinzu, woraufhin der andere wie ein dressierter Hund abzog.
Ich sah ihm schnaubend nach. „Wie niedlich, du hast deinen eigenen Bodyguard. Traust du dich nachts

nicht alleine auf die Straße?“
Okay, das war todesmutig - das war mir selbst klar - aber ich konnte es mir einfach nicht verkneifen.
Auf meinen spöttischen Ton hin hob er die Brauen. „Weißt du, wärst du ein Kerl, hätte ich dich für deine große Klappe längst verprügelt.“
„Und wärst du mein Sohn, hätte ich dich ins Heim geschickt. Hör zu, ich will keinen Ärger, Shane, und ich will dich auch nicht anzeigen. Gib mir einfach nur mein Geld, dann bin ich weg.“
Er überging meinen ersten Kommentar und fragte: „Warum bist du so fest davon überzeugt, dass ich es habe?“
„Weil du neben deinem Bruder und Cat der Einzige bist, dem ich es erzählt habe. Außerdem hat dich meine Mutter gesehen, du hattest dieselben schwarzen Sachen an, die du immer trägst.“
Nun, das entsprach vielleicht nicht ganz der Wahrheit, aber wenn er glaubte, gesehen worden zu sein, würde er vielleicht endlich nachgeben.
Doch stattdessen wagte er es doch tatsächlich, zu lachen. „Alle Einbrecher tragen Schwarz oder hast du schon mal welche in Rosa gesehen?“
„Shane, meine Mutter ist schwer krank und ich habe die letzten drei Jahre damit verbracht, jeden einzelnen Dollar für ihre Therapie zu sparen. Willst du mir das wirklich antun?“
„Und ich habe es dir schon einmal gesagt: Ich. Habe. Es. Nicht. Denk doch mal nach. Wenn ich es wirklich

gestohlen hätte, glaubst du, dann komme ich auch noch zu deiner Party? Ich würde es dir ja schwören, aber ich glaube nicht, dass du darauf etwas geben würdest. Also noch einmal: Ich habe dein Geld nicht. Ich mag vielleicht im Knast gewesen sein, aber ich bestehle ganz sicher keine kleinen Mädchen."

Diesmal war es an mir, seine Spitze zu überhören.

„Du hast recht, ich gebe absolut gar nichts auf dein Wort, denn ich kenne dich nicht. Mir bleibt also nichts anderes übrig, als die Polizei einzuschalten."

Abwartend sah ich ihn an, gab ihm eine letzte Möglichkeit, seine Meinung zu ändern, doch sein Blick blieb ungerührt, fast schon gelassen.

„Dann musst du das tun, ich werde dich nicht aufhalten."

Wütend und enttäuscht ging ich davon, doch seltsamerweise schenkte ihm ein Teil von mir Glauben.

Da war eine Überraschung in seinen Augen gewesen, als ich ihn mit meinem Verdacht konfrontiert hatte, die unmöglich gespielt sein konnte, und auch am Ende hatte er sich wie jemand verhalten, der nichts zu befürchten hatte.

Ich wusste einfach nicht, was ich glauben sollte, also rief ich Kyle an, als ich wieder in der Bar war.

10

„Ich kann nicht glauben, dass du das getan hast!“, empörte sich Cat und sah mich zornesfunkelnd an. Wir standen in ihrer Küche, jede eine Tasse Kaffee in der Hand, während im Hintergrund leise das Radio lief. Feiner Nebel umhüllte den Garten, auf den ich blickte, Morgentau hing an den Blättern und eisige Luft drang durch das gekippte Küchenfenster.

„Cat, bitte“, stöhnte ich. „Die Standpauke von deinem Freund reicht mir völlig aus. Fang du jetzt nicht auch noch damit an.“

Ich war wirklich erledigt, denn meine Gedanken kreisten schon seit Tagen um das gestohlene Geld und gaben mir kaum Gelegenheit, zu entspannen, geschweige denn erholsamen Schlaf zu finden.

Immer wieder war ich in der vergangenen Nacht aufgewacht und hatte unter das Bett geschaut, ob nicht doch alles nur ein böser Traum gewesen war – war es natürlich nicht! Und dann hatte ich den gestrigen Nachmittag auch noch auf der Polizeiwache verbracht, um eine Anzeige gegen unbekannt zu erstatten.

Warum ich Shane nicht direkt angezeigt hatte? Wie versprochen hatte ich an jenem Abend Kyle angerufen und von meinem Verdacht unterrichtet. Zuerst hatte ich mir eine Predigt über die Waghalsigkeit meiner Aktion anhören müssen, doch dann hatte er fallen lassen, dass er sich nicht vorstellen könnte, dass Shane dahintersteckte.

„Mein Bruder mag vielleicht hinter Gittern gesessen haben und arrogant sein, aber er würde niemals unschuldige Frauen bestehlen.

Das wäre unter seiner Würde und glaub mir, er gibt viel darauf“, hatte er gesagt. Und weil ich Kyle uneingeschränkt vertraute und nach reiflicher Grübelei selbst nicht mehr an die Schuld seines Bruder glaubte, hatte ich die Anzeige gegen unbekannt erstattet.

Wenn die Polizei bei ihren Ermittlungen auf Shane stieß, dann musste er sich mir gegenüber verantworten. Wenn ich ihn allerdings anzeigte und sich herausstellte, dass er unschuldig war, könnte er seinerseits *mich* anzeigen und darauf konnte ich getrost verzichten.

Helfen taten mir diese Überlegungen natürlich nichts, denn das Geld blieb weiterhin verschollen und das kratzte gewaltig an meinen Nerven.

„Und ob ich das tue. Was ist bloß in dich gefahren, Shane in einer Gasse aufzulauern! Dir hätte sonst was passieren können!“

„Ich habe ihm nicht aufgelauert, außerdem war ich der Nähe der Bar. Ich hätte Hilfe holen können“, versuchte ich, sie zu beruhigen. Dass ich eine ganze

Straße weiter gewesen war und zwischen mir und der Bar eine dunkle Gasse gelegen hatte, verschwieg ich vorsichtshalber.

Sie stellte die Tasse ab und lehnte sich mit verschränkten Armen an den Küchentresen. Gemischte Emotionen spiegelten sich auf ihrem Gesicht wider. Wahrscheinlich führte sie gerade einen inneren Kampf, ob sie mir das Angebot einer Geldleihe unterbreiten sollte oder nicht.

Für gewöhnlich fiel meine Antwort sofort negativ aus und das wusste sie, doch gerade war ich mir nicht so sicher, ob ich auch heute dabei bleiben würde. Drei Jahre! Drei verdammte Jahre hatte ich jeden Dollar zweimal umgedreht und jetzt sollte alles weg sein?

Ehrlich, ich wusste wirklich nicht, ob ich ihr Angebot diesmal ausschlagen würde, doch der jahrelang erfolglose Versuch hatte sie wohl endgültig aufgeben lassen, denn sie schüttelte kaum merklich den Kopf - eine Geste, die allein ihr selbst bestimmt war - und fragte dann: „Und wie geht es jetzt weiter?"

Ich hob die Schultern und nippte an dem heißen Getränk, das mir die Zunge verbrannte.

„Ich weiß es nicht. Abwarten und hoffen, dass es wieder auftaucht."

Damit trank ich meinen Kaffee zu Ende, und nachdem Catherine zur Arbeit gefahren war, nahm ich meine wieder auf.

Ich arbeitete mich vom Keller bis in die oberste Etage hoch, wusch zuerst die Wäsche und legte die getrocknete zusammen, wischte den Boden, säuberte die Küche und die Fenster, saugte in allen Etagen, wischte Staub und bezog die Betten neu.

Normalerweise würde mir Lily helfen, doch sie hatte mich gebeten, ob sie ihren freien Tag nicht vorziehen und heute schon mit Rose an den See fahren konnte, und ich hatte sofort zugestimmt. Lily arbeitete so hart, dass sie sich das vorverlegte Wochenende mit ihrer Tochter verdient hatte.

Leider bedeutete eine abwesende Lily, keinen Gesprächspartner zu haben - was einer Folter gleichkam, denn so konnte mich niemand von meinen trüben Gedanken ablenken.

Um Punkt 15 Uhr machte ich Feierabend und fuhr mit dem Auto zum Supermarkt. Mom hatte unbedingt beim Einkaufen dabei sein wollen, also hatte ich mich davor mit ihr verabredet.

Vor mich hin summend parkte ich den Wagen ein, ließ ihn auf dem Parkplatz stehen und näherte mich dem Eingang des Supermarktes. Doch nirgends konnte ich meine Mutter ausfindig machen. Auch ein Anruf auf ihrem Handy blieb erfolglos, was mich jedoch nicht sonderlich beunruhigte. Mom war nicht gerade für ihre Pünktlichkeit bekannt, von ihrem technischen Können ganz zu schweigen.

Sie hatte schon so lange kein Handy mehr benutzt, dass es mich nicht gewundert hätte, wenn sie vergessen hätte, wie es funktionierte. Aber ich hatte die Hoffnung, dass sie nun – da sie ihre Sucht fürs

Erste überwunden hatte – schnell wieder ins Leben zurückfinden würde und sich der heutigen Technik anpasste. Und dazu gehörte eben auch, an sein Handy zu gehen.

Zwanzig Minuten später wurde ich allerdings stutzig. Wenn sie sich noch länger verspätete, konnte ich auch allein einkaufen gehen – das wäre weitaus effektiver, als noch länger herumzustehen.

Also ließ ich es ein weiteres Mal bei ihr klingeln und bekam wieder nur ein Tuten zu hören. Das war schade, denn sie hatte sich wirklich auf das Einkaufen gefreut, doch ich wollte nicht länger warten und steckte das Handy weg.

Gerade als ich entschieden hatte, loszugehen, sah ich sie allerdings um die Ecke kommen und merkte schon von Weitem, dass etwas nicht stimmt. Der unsichere Gang, die falsch geknöpfte Strickjacke - und als sie näher gekommen war -, auch der verträumte Gesichtsausdruck: All das ließ keinen Zweifel daran, dass sie getrunken hatte.

Ich konnte es nicht glauben!

In absolutem Entsetzen wandte ich den Blick ab und kniff fest die Augen zusammen, um die Fassung zu wahren. Es wäre niemandem geholfen, wenn ich jetzt weinend zusammenbrechen oder sie anbrüllen würde, ermahnte ich mich, denn nichts hätte ich jetzt lieber getan.

Stattdessen zählte ich langsam bis drei und stellte mich dann tapfer ihrem Anblick, wobei ich jeden einzelnen Gesichtsmuskel anstrengen musste, um gefasst zu bleiben. *Es war auch zu schön gewesen, um wahr zu sein*, dachte ich bitter und ohne den Klumpen in meinem Hals hinunterschlucken zu können.

„Maggy, Liebling, es tut mir leid, so unendlich leid. Ich wollte das gar nicht. Ich … ich habe die Wohnung aufgeräumt und dann war da diese Flasche und ... dieser Geruch. Du kannst dir nicht vorstellen, wie überwältigend er war. Weißt du, ich wollte nur einen Schluck nehmen, nur einen winzigen, aber dann …“, stammelte sie und wollte mich am Arm berühren, doch ich wich automatisch zurück. Ich konnte nicht, konnte sie jetzt nicht berühren! Kraftlos griff ihre Hand ins Leere, die sie dann mit einem entsetzten Blick an ihre Kehle legte. *Oh nein, sieh mich nicht so an!*, dachte ich wütend. Wie konnte sie es wagen, so zu schauen, als wäre *sie* hier das Opfer!

„Warum bist du hergekommen?“, fragte ich, bemüht, einen ruhigen Ton anzuschlagen. Vielleicht sollte ich das alles nicht mehr an mich heranlassen, überlegte ich. Vielleicht war es an der Zeit, Mom aufzugeben.

Ich meine, wie viele Rückschläge musste ich denn noch verkraften, ehe ich daran zerbrach? Erst das gestohlene Geld und jetzt ihr Rückfall – der gefährlichste Zeitraum im Leben eines Alkoholikers, weil er sich noch schlechter unter Kontrolle hatte als ohnehin schon.

Wollte ich mir das wirklich antun - erneut? Ich wusste nur, dass ich es nicht mehr *konnte*, weil ich

einfach keine Kraft mehr hatte.
„Warum bist du nicht zu Hause geblieben?"
Verständnislos blinzelte sie mich an. „Wir … waren doch verabredet."
„Glaubst du wirklich …", rief ich und zwang mich dann, in ruhigem Ton fortzufahren, was nicht leicht war, denn all die Wut und der Schmerz wollten aus mir herausbrechen.
„Dass ich mich in deinem Zustand mit dir blicken lassen will?"
Anstatt zu antworten, sah sie traurig an sich herab, und ich hasste das Mitleid und das schlechte Gewissen, das dabei in mir aufkam.
„Steig ins Auto. Ich fahre dich nach Hause und gehe nachher alleine einkaufen."
Während ich sprach, fischte ich den Autoschlüssel aus meiner Hosentasche, doch plötzlich sah sie mich zornig an. „Das hättest du wohl gern! Mich wie ein Kind zu Hause einzusperren, damit du dich nicht mit mir blicken lassen musst!"
Oh Gott, bitte keine Stimmungsschwankungen, nicht jetzt!
„Mom, tut mir leid, das war gemein, okay? Das hätte ich nicht sagen sollen. Lass … uns einfach nach Hause fahren. Das müssen wir nicht hier diskutieren."
„Du hast recht, es gibt wirklich nichts zu diskutieren. Ich bin eine erwachsene Frau, und wenn ich in diesen Supermarkt gehen will, dann hast *du* mich gefälligst nicht aufzuhalten!"

Damit marschierte sie hinein, und nachdem ich ihr sprachlos nachgesehen hatte, blieb mir nichts anderes übrig, als ihr zu folgen.

Der Supermarkt war der Einzige in Edlyn Hill, der solch eine Warenvielfalt anbot und war dementsprechend geräumig. Wir hatten natürlich auch Feinkostläden, Gemüsehändler und Blumenläden, aber wer Lebensmittel oder Haushaltswaren einkaufen wollte, tat es hauptsächlich hier. Vier große Bereiche erstreckten sich über zwei Etagen und boten alles an, was der Magen begehrte.

Ich hatte keinen Schimmer, wo Mom hingegangen war, als ich das Gebäude betrat, aber ich hatte auch wenig Lust, die schmollende Frau zu suchen, und konzentrierte mich deshalb auf meine Einkaufsliste. Vielleicht war es besser, wenn wir unsere Gemüter erst einmal abkühlen ließen – einsammeln konnte ich sie auch später noch.

Weil der Supermarkt am Wochenende geschlossen sein würde, hatte ich eine Menge einzukaufen.

Den Blick konzentriert auf meinen Zettel gerichtet arbeitete ich mich von der Gemüseabteilung zu den Milchprodukten vor, von dort in die Tiefkühlabteilung und landete schließlich bei den Süßigkeiten. *Oh ja*, dachte ich begierig. Die Nervennahrung kam mir gerade recht.

Ich ließ den Einkaufswagen stehen und bog gerade in den nächsten Gang, als ich mit jemandem zusammenstieß.

„Hoppla“, sagte derjenige, während ich zurückstolperte und ein ungläubiges Lachen vernahm. „Ach komm, das kann doch langsam kein Zufall mehr sein! Verfolgst du mich etwa?“

Ich schüttelte fassungslos den Kopf, als ich aufsah und Chris erkannte, und fühlte mich nicht nur von der Situation, sondern auch von seinem Aussehen erschlagen.

„Chris Hawkey, dass man dich mal einkaufen sieht …“, sagte ich scherzhaft und schüttelte seine Hand.

Sein Blick spiegelte einerseits Belustigung, andererseits aber auch Kränkung wider.

„Nun ja, als *einkaufen* würde ich das nicht unbedingt bezeichnen, eher horten“, sagte er und deutete auf den Einkaufswagen hinter sich, der über und über mit Chips und Süßigkeiten gefüllt war.

„Oh, wow, habe ich irgendetwas verpasst? Eine geheime Feier, die du planst?“

Er hatte den Mund zu einer Antwort geöffnet, als ein lautes Krachen ertönte, das uns beide zusammenzucken ließ. Ich hatte keinen Schimmer, woher ich die Gewissheit nahm, aber irgendetwas sagte mir, dass es meine Mutter war, die ihn verursacht hatte.

Zusammen eilten Chris und ich durch die Gänge, immer den lauten Stimmen einer Frau – meiner Mutter - nach, dann entdeckte ich sie und was ich sah, ließ mir das Herz in die Hose rutschen.

Da saß sie, in einem Meer aus zerbrochenen Whiskyflaschen und nuckelte gierig an den Ärmeln ihrer Strickjacke, die – da war ich mir sicher – mit besagtem Whisky vollgesogen waren.

Offenbar war sie in eine große Pyramide aus edelstem Whisky hineingelaufen, denn die untersten Flaschen standen noch lückenlos aneinander, während der Rest in Form von zerplatzten und angebrochenen Flaschen um sie herum lag.

Der Boden und teilweise auch ihre Sachen waren mit besagter Flüssigkeit getränkt und hinterließen einen beißenden Geruch in der Luft.

Das Preisschild an der Wand ließ meinen Herzschlag kurzzeitig aussetzen und mich darauf verzichten, die kaputten Flaschen zu zählen.

Mitarbeiter redeten auf meine Mutter ein und versuchten, sie aus den Scherben herauszuholen, doch sie beachtete sie gar nicht, sondern widmete sich ganz ihrer Jacke, als würde der Lebenssaft daran kleben.

Ein schwarzes Loch tat sich unter meinen Füßen auf, drohte, mich zu verschlucken und mein Innerstes mit Dunkelheit zu füllen.

Aus dem Augenwinkel sah ich, wie Chris mir einen Blick absoluter Erschütterung zuwarf, dann tat er das, was ich nicht konnte. Er eilte zu meiner Mutter, um ihr hoch zu helfen.

„Mrs. Carter …“, beschwor er sie und wollte ihren Arm ergreifen, doch sie schlug nach ihm und wich zurück. „Lasst mich, lasst mich alle in Ruhe!“

Ihr Gebrüll lockte weitere Menschen an, die in sicherem Abstand zu ihr stehen blieben, hinter vorgehaltener Hand tuschelten und sie mit schockierten Blicken maßen.

Ich sah mich meinem schlimmsten Albtraum ausgesetzt und fühlte mich auf eine Bühne gezerrt, auf die sämtliche Scheinwerfer gerichtet waren. Das Getuschel der Menschen schwoll an und vermischte sich zu einem ohrenbetäubenden Brummen, das mir in den Ohren dröhnte.

Ich fühlte mich, als würde ich jeden Moment das Bewusstsein verlieren und hatte nicht wirklich etwas dagegen auszusetzen. Doch leider war das Schicksal nicht so gnädig mit mir, denn ich erwachte ganz plötzlich aus meiner Starre und war wieder ganz klar im Kopf.

Mit wenigen Schritten war ich bei meiner Mutter und zog sie grob am Arm hoch.

„Steh auf!“, zischte ich, die Blicke um mich herum ignorierend.

Als sie mich erkannte, stellte sie das Saugen ein und die Gier in ihren Augen verwandelte sich in ein beschämtes Glitzern.

„Maggy, es tut mir so leid, ich wollte doch nur …“

Doch ich blendete ihre Worte aus – die ohnehin

immer dieselben waren – und konzentrierte mich darauf, sie auf die Beine zu hieven. Chris half mir dabei oder eigentlich zog er sie sogar allein hoch, während ich ihre Arme festhielt, damit sie nicht mehr daran nuckeln konnte.

Als sie auf den Beinen stand, heftete sie ihren Blick auf sein Gesicht, und bevor es jemand von uns kommen sah, hatte sie auch schon eine Hand auf seine Wange gelegt und sah ihm tief in die Augen.

„Er sieht aus wie Tom, findest du nicht?"

Ein Eiszapfen bohrte sich in mein Herz, als Chris irritiert meinen Blick suchte.

„Wer ist Tom?"

Doch es war Mom, die ihm antwortete – ich hätte ohnehin kein Wort zustande gebracht.

„Mein Sohn, er ist in meinem Bauch gestorben." Ihre Stimme klang verträumt, jenseits von Trauer und Freude, als wäre sie in einem tiefen Traum gefangen.

„Manchmal stelle ich mir vor, wie er heute aussehen würde, und sehe ihn dann in meinen Träumen. Er sieht aus wie du."

Erschüttert sah Chris zu mir, und ich sah sicher nicht minder schockiert aus, denn dass sie in dieser Form von ihm träumte, hatte selbst ich nicht gewusst.

„Hör auf damit, Mom! Das ist unpassend", stieß ich hervor, weil ich nicht wusste, wie ich damit umgehen sollte. Langsam nahm sie die Hand von Chris' Gesicht und starrte mich mit funkelnden Augen an.

„Unpassend? Warum sollte ich nicht von ihm reden?

Immerhin ist er tot und du nicht!“

Obwohl ihre Stimme lallte, war es wie ein Schlag ins Gesicht. Sollte das etwa ein Vorwurf sein? Wollte sie mir damit sagen, dass ich besser tot und er lebendig sein sollte? Chris sah etwas verloren zwischen uns aus und suchte sichtbar nach versöhnenden Worten.

„Lasst uns erst mal von hier verschwinden, zu viel Publikum ...“, sagte er schließlich.

Ich sah mich um und wurde mir der vielen Zuschauer bewusst, die ich kurzzeitig ausgeblendet hatte. Stumm waren ihre Augen auf uns gerichtet, als erwarteten sie gespannt unsere nächsten Schritte.

„Geht schon mal vor, ich komme gleich nach“, sagte Chris und gab Mom wie einen Sack Kartoffeln an mich weiter.

„Du hast ihn gehört, gehen wir“, lallte meine Mutter und torkelte in Richtung Ausgang. Da ich sie nicht loslassen wollte – aus Angst, sie würde fallen oder ausbüchsen –, musste ich sie begleiten – jedoch nicht, ohne einen Blick über die Schulter zu werfen.

„Schicken Sie die Rechnung an mich“, hörte ich Chris sagen, bevor er einem Mitarbeiter eine Visitenkarte in die Hand drückte.

Ich wollte dagegen protestieren, doch meine wankende Mutter erforderte meine gesamte Aufmerksamkeit, weshalb ich mich wieder umdrehen musste.

Am Auto angekommen, lehnte ich meine Mutter gegen das Fahrzeug und brachte etwas Abstand zwischen uns, indem ich einen Schritt zurücktrat.

Ich wollte sie nicht länger als nötig berühren, was vielleicht grausam klang, aber erforderlich war, um die Kontrolle zu wahren. Ich fühlte mich innerlich zerrissen.

Einerseits wollte ich weinend zusammenbrechen und in Selbstmitleid baden, auf der anderen Seite hätte ich liebend gern auf etwas eingeschlagen.

„Es tut mir so unendlich leid, Maggy …"

„Ich weiß", fiel ich ihr ins Wort, bevor sie weiterreden konnte, und sah dann, wie Chris den Supermarkt verließ. Begleitet wurde er von zwei Mitarbeitern, die jeweils einen Einkaufswagen vor sich herschoben und ihn zu seinem Auto begleiteten.

„Mom, komm mal mit", sagte ich, den Blick auf Chris gerichtet, und setzte mich in Bewegung. Als wir seinen Wagen erreicht hatten, waren die Mitarbeiter bereits fleißig dabei, den Einkauf in seinen Kofferraum zu laden.

Das war an sich nichts Ungewöhnliches. Ab einem Einkaufswert von 200 Dollar bot der Supermarkt einen kostenlosen Einpackservice an. Was mich allerdings so verwirrte, war der Umstand, dass auch *mein* Einkauf dabei war.

„Was machst du da?", wollte ich wissen.

„Wonach sieht es denn aus, ich lasse unseren Einkauf einpacken."

Perplex sah ich den Mitarbeitern dabei zu, wie sie die Lebensmittel in Rekordzeit ins Auto schafften.

„Hast du *meinen* etwa auch bezahlt?"

„Na, ich habe ihn wohl kaum gestohlen."

Die Hände in die Hosentaschen vergraben sah er mich an.

„Aber … warum?"

„Weil ich dich in diesem Zustand nicht fahren lassen kann. Ich bringe euch nach Hause."

Sein Ton ließ keine Widerrede zu und sein Blick war bestimmend.

„Wie bitte? Was denn für ein Zustand?"

Bevor ich vor seiner schnellen Bewegung zurückzucken konnte, hatte er meine Hand gepackt und hielt sie mir auf Augenhöhe, sodass ich das Zittern bemerkte, das davon ausging.

Ich riss mich von ihm los und ballte meine Hand zu einer Faust.

„*Diesen* Zustand. Du bist vollkommen aufgelöst. Ich denke, es ist sicherer, wenn ich fahre."

Automatisch warf ich einen Blick auf meine Mutter, die teilnahmslos zu Boden schaute. Wie wenig sie jedoch wirklich mitbekam, konnte ich nicht sagen.

„Also gut, aber zu Hause gebe ich dir das Geld für den Einkauf wieder … und für die Flaschen."

Er nickte, wobei ich das Gefühl hatte, dass es nicht ganz ernst gemeint war, gab den Mitarbeitern ein üppiges Trinkgeld und bedeutete uns, einzusteigen.

Es dauerte keine zwei Minuten, dann sah ich Mom im Rückspiegel dösen und fuhr mir erschöpft mit den Händen durchs Haar.

„Ich habe dir doch neulich einen Drink versprochen“, hob Chris an, ohne den Blick von der Straße zu nehmen. „Vielleicht wäre heute der richtige Zeitpunkt dafür.“

Die Ampel, an der wir gehalten hatten, wechselte auf Grün, und als der Wagen beschleunigte, erklang ein tiefes Brummen und Vibrieren unter meinen Füßen. Fast fühlte ich mich an das Schnurren eines Katers erinnert.

Ich wurde in den Ledersitz gedrückt, der so weich und bequem war, dass ich Gefahr lief, darin einzuschlafen. Um der Versuchung zu widerstehen, richtete ich mich in eine ungemütliche Position auf und sah ihn dann an.

„Das klingt verlockend, aber ich kann meine Mutter nicht alleine lassen.“

Automatisch warf ich einen Blick in den Rückspiegel, doch ihr Kopf lag zur Seite geneigt auf der Schulter und ihre Augen waren geschlossen.

„Du weißt, was beim letzten Mal passiert ist, als wir uns gestritten haben.“

„Das war wegen eines Streits?“, hakte er nach.

„Ja, ich habe ihr vorgehalten, dass ich mir für sie den

Hintern aufreiße und dass sie sich gehen lässt. Dass sie deshalb einen Selbstmordversuch unternimmt, habe ich natürlich nicht geahnt, und ich will mir ehrlich nicht vorstellen, was sie *heute* anstellen würde, nachdem ich sie so angefahren habe."

Chris schien nachzudenken, dann sagte er: „Ich denke, da kann ich dir helfen."

„Und wie?"

„Ich kann Jeremy kommen lassen, damit er nach deiner Mutter sieht. Er wohnt keine 10 Minuten von euch entfernt."

„Dr. Benner? Auf keinen Fall!"

„Warum nicht?", wollte er auf meine heftige Reaktion hin wissen.

„Na, weil … er sicher Besseres zu tun hat, als sich außerhalb des Krankenhauses um eine Patientin zu kümmern."

„Jeremy wird nichts dagegen haben, er liebt seine Arbeit. Außerdem wohnt er nur 10 Minuten von euch entfernt."

Als er das Handy aus seiner Hosentasche angelte, machte ich große Augen. Er meinte es wirklich ernst.

„Lass das, Chris. Ich will nichts trinken!", log ich, doch ich konnte ihm nichts vormachen.

„Oh doch, und wie du das willst. Du sehnst dich geradezu danach, deine Sorgen in Alkohol zu ertränken und dir die Seele aus dem Leib zu reden – zumindest würde es mir an deiner Stelle so gehen. Also … lass mich dir helfen."

Verdammt, er hatte recht. Es gab nichts, was ich mir Moment mehr ersehnte als einen guten Tropfen Alkohol. War das nicht absurd, wenn man bedachte, dass gerade diese Substanz daran schuld war, dass es meiner Mutter so schlecht ging?

„Aber ich kann nicht zulassen, dass Dr. Benner seine Freizeit für mich opfert."

„Lass das mal meine Sorge sein."

Damit rief er seinen Freund an, der zwanzig Minuten später allen Ernstes in unsere Straße einfuhr. Wir hatten Mom viel Wasser eingeflößt und sie auf ihr geliebtes Sofa verfrachtet, auf dem sie sofort wieder eingeschlafen war. Beziehungsweise *ich* hatte das getan – Chris hatte draußen warten müssen, damit ich das Wohnzimmer aufräumen konnte.

Keine Ahnung, was meine Mutter vorhin angerichtet hatte, aber als ich heute Morgen gefahren war, war das Zimmer noch ordentlich gewesen. Nun sah es jedoch aus, als wäre eine Bombe eingeschlagen, und so konnte ich keinesfalls Besuch empfangen.

Deshalb kamen mir die zwanzig Minuten recht, die Dr. Benner hierher brauchte, denn sie erlaubten es mir, die Wohnung annehmbar herzurichten.

„Du kannst jetzt reinkommen", sagte ich schließlich, nachdem ich Chris die Tür geöffnet hatte.

Geduldig hatte er auf der Verandatreppe gesessen und meinen Kommentar, er würde sich die schicke Hose schmutzig machen, ignoriert.

Ob er sauer war, weil ich ihm die Tür praktisch vor der Nase zugeknallt hatte? Aber ich war so erschrocken gewesen, als er auf der Türschwelle gestanden hatte, dass ich automatisch gehandelt hatte. Es war reiner Reflex gewesen!

Ich seufzte, wahrscheinlich hielt er mich für genauso verrückt wie meine Mutter!

„Nicht mehr nötig, Jeremy ist da."

Er deutete zur Straße, wo ein dunkelblauer Jeep einparkte, und stand auf. Sein Gesichtsausdruck war nichtssagend, weder wütend noch freundlich, und das irritierte mich.

Hätte er mir einen aussagekräftigen Gesichtsausdruck gegeben, hätte ich damit arbeiten können, doch so tappte ich vollkommen im Dunkeln. Ob er es bereute, mich eingestellt zu haben? Wahrscheinlich hatte er das schon nach dem ersten Vorfall getan.

Ich wartete, bis Jeremy an die Haustür gekommen war - er trug einen weißen Medizinkoffer mit sich - und begrüßte ihn dann.

„Dr. Benner. Danke, dass Sie gekommen sind. Tut mir wirklich leid, dass wir Sie an Ihrem freien Tag stören …"

„Nicht doch. Freunde von Chris sind auch meine Freunde. Nenn mich Jeremy." Er schüttelte meine Hand, ließ sich von mir hineinführen und setzte sich an den Küchentisch.

„Also, wenn du Hunger hast oder etwas trinken möchtest, bediene dich einfach am Kühlschrank.

Ansonsten … fühle dich bitte wie zu Hause“, sagte ich und kam mir absolut dämlich vor. Was tat ich hier eigentlich? Ließ ich den Arzt meiner Mutter gerade wirklich für sie babysitten?

Chris musste mir mein Unbehagen angemerkt haben, denn er winkte mich aus meiner eigenen Wohnung heraus. „Ist okay, Maggy, gehen wir.“

Und an seinen Freund gewandt: „Danke, *Jer*, ich bin dir was schuldig.“

„Die Gefallen häufen sich“, rief er ihm lachend hinterher, dann hatte Chris auch schon die Tür geschlossen.

„Ich kann nicht glauben, dass ich das mache.“ Kopfschüttelnd folgte ich ihm zu seinem Wagen und beobachtete, wie er sich lächelnd hinters Steuer setzte.

„Das macht ihm nichts aus, glaub mir. Außerdem ist deine Mutter bei einem Arzt in den besten Händen.“

Damit ließ er den Motor aufheulen, und wir fuhren davon.

11

Obwohl es gerade einmal 18 Uhr war, hatte ich bereits einen Cocktail in der Hand, was mich aber nicht sonderlich störte. Für gewöhnlich trank ich keinen Alkohol vor Einbruch der Nacht, doch Chris hatte recht.

Ich lechzte geradezu danach und wozu waren Regeln denn da, wenn man sie nicht hin und wieder brechen würde? Ich brauchte meinen Feierabend-Drink genauso sehr, wie ich jemanden zum Reden brauchte. Ein seltsames Gefühl, dass es ausgerechnet Chris Hawkey war.

Ich hätte mir nie im Leben vorgestellt, dass er jemand sein könnte, mit dem man gemütlich in der Bar sitzt und plaudert. Sicher, er war auch nur ein Mensch, und Cat ging nicht selten mit ihm aus, aber wie es bei öffentlichen Personen eben war, konnte man sich immer nur schwer vorstellen, dass sie dieselben irdischen Dinge taten wie wir.

Ihnen haftete stets etwas Unwirkliches und Herrschaftliches an, das uns dazu brachte, sie anzuhimmeln und bei Konzerten reihenweise umzukippen. Auch Chris hatte anfangs diese Aura versprüht, war mir wie ein Geist vorgekommen, über den zwar alle sprachen, den man aber nie zu Gesicht bekam. Doch diese Wirkung war während unserer unzähligen Zusammentreffen verflogen. Für mich war Chris gerade *sehr* real und das auf vielen Sinnesebenen.

„Wie lange ist deine Mutter schon krank?“, wollte er wissen.

Das Lokal war nur spärlich gefüllt, was um diese Uhrzeit nicht verwunderlich war, und in warmen, dunklen Farben gehalten. Wir saßen auf gepolsterten, roten Sitzen, die von dunkelbraun lackierten Tischen getrennt wurden, das Deckenlicht war auf ein Minimum reduziert, sodass man uns von draußen kaum sehen dürfte, und die roten Wände waren mit unzähligen Blechbildern versehen.

Ich fand es sehr nachsichtig von ihm, dass er ihre Sucht als *Krankheit* bezeichnete, denn das Wort *Sucht* suggerierte aus meiner Sicht immer etwas Schlechtes und Verachtendes.

„So richtig krank eigentlich erst, seit ich dreizehn bin. Sie hat schon lange vorher getrunken – mit der Totgeburt hat es angefangen –, aber nachdem sie ihren neuen Freund kennenlernte, war sie nicht mehr zu stoppen.“

Ich nahm einen großen Schluck von meinem Cocktail und registrierte, dass er bereits zur Hälfte geleert war.

„Ich habe ihr buchstäblich dabei zugesehen, wie sie

sich zu Tode trinkt, und wärst du nicht gewesen, wäre es auch so gekommen."

„Es muss hart für dich gewesen sein, bereits in Kindesjahren die Rolle der Erwachsenen übernehmen zu müssen." Er nippte an seiner Cola und sah mich über den Tisch hinweg an. Da er noch fahren musste, verzichtete er auf Alkohol - wohingegen ich ihn fleißig in mich hineinschüttete.

„War es, aber irgendwann habe ich mich daran gewöhnt", sagte ich schulterzuckend und nahm einen weiteren Schluck. An seinem Blick sah ich, wie er den Alkoholgehalt des Getränkes abzuschätzen versuchte und dass ich seiner Meinung nach viel zu schnell trank, doch es war mir egal. Schließlich hatte er mich genau dafür hierher gebracht, oder?

Damit ich mich volllaufen ließ, mir einmal denselben Luxus gönnte, den auch meine Mutter in Anspruch nahm. Ich wollte vergessen, den Schmerz unterdrücken und alle schlechten Erinnerungen und Gefühle im Alkohol ertränken. Das hatte ich mir verdammt noch mal verdient!

„Was willst du jetzt machen, nachdem dein Geld gestohlen wurde?" Natürlich hatte Cat es ihm gesagt, dieses Plappermaul.

„Wieder von vorne sparen. Etwas anderes bleibt mir auch gar nicht übrig. Und gleichzeitig hoffen, dass es wieder auftaucht", gab ich ihm dieselbe Antwort wie seiner Schwester.

Er sah enttäuscht aus, als hätte er mit der Antwort

gerechnet. Doch gerade, als er den Mund aufmachen wollte, rief ich einen Kellner heran und bestellte einen weiteren Cocktail. Geduldig wartete Chris, bis er gegangen war, dann sah er mich mahnend an.

„Was denn? Du hast gesagt, dass ich mich betrinken kann …"

„Es geht mir nicht darum", winkte er ab und verschränkte die Arme vor der Brust.

„Sondern?"

„Dass du stur bist, Maggy Carter, und zwar die sturste Person, die ich, nach meiner Schwester, kenne." Er warf die Arme in die Luft und lehnte sich zurück.

„Ich meine, wir sind reich, Maggy! Und das sage ich ohne jede Arroganz. Jeder von uns, Catherine, ich, sogar mein Bruder, könnten dir sofort das Geld geben, das du brauchst, und deine Sorgen wären von einem Tag auf den anderen vorbei."

„Das kann ich nicht machen", sagte ich automatisch und lehnte mich ebenfalls zurück.

Er schenkte mir ein bitteres Schnauben.

„Nenn mir einen Grund, warum?"

„Weil es nicht richtig wäre. Es ist meine Mutter, nicht eure, deshalb muss *ich* auch diejenige sein, die sich um sie kümmert."

„Das ist Blödsinn. Du bist nur zu stur, Maggy, genau wie deine Mutter, denn auch sie will keine fremde Hilfe annehmen. Im Grund nehmt ihr euch beides nichts."

„Na, vielen Dank auch!" Ich nahm einen großen

Schluck von dem Cocktail, den der Kellner soeben gebracht hatte, und stellte das Glas härter als beabsichtigt auf den Tisch.

„Ich dachte, wir wären hergekommen, damit du mich aufmunterst."

Er lachte. „Nein, eigentlich habe ich dich nur hergebracht, um dir Vernunft einzuflößen."

„Indem du mich abfüllst?", fragte ich und nippte aus reiner Provokation erneut an meinem Glas. Herrlich, wie sich das taube Gefühl in meinen Gliedern ausbreitete. Genau das, was ich jetzt brauchte.

„Das machst du auch schon ganz gut ohne mich."

Er beugte sich wieder vor und verschränkte die Hände auf der Tischplatte. „Ich denke, dass du nur einen kleinen Schubs brauchst und dass von jemandem, der nicht Cat oder Tara heißt."

Ich legte den Kopf schräg. „Was meinst du damit?"

„Du bist eine unabhängige Frau, Maggy. Das merkt man dir auch an, ohne deine Geschichte zu kennen, und ich denke, dass du dich, besonders in Cats Nähe, in der Beweispflicht fühlst. Du willst ein genauso perfektes Leben führen wie sie – und das ist auch keinesfalls verwerflich -, aber du vergisst dabei, dass es keineswegs ein Zeichen von Schwäche ist, sich helfen zu lassen.

Und ich gehöre nicht zu deinem Freundeskreis. Vielleicht fällt es dir leichter, Hilfe von jemandem anzunehmen, der nicht in deinem unmittelbaren Umfeld lebt – die Tatsache, dass ich dein Chef bin, einmal außer Acht gelassen. Und weißt du, was ich noch denke?“

Ich sah von meinem Glas auf, direkt in seine Augen. „Will ich es denn hören?“

Er schmunzelte. „Niemand hört gerne die Wahrheit, aber manchmal ist sie eben notwendig.“

Mein Schweigen war ihm wohl Zustimmung genug, um mit seiner Analyse fortzufahren, und während ich mich für die ungeschminkte Wahrheit wappnete, fragte ich mich, ob er all diese Informationen in meinen Augen sehen konnte?

„Ich glaube, tief in deinem Inneren, fürchtest du dich davor, deine Mutter zur Therapie zu schicken.“

Ich schüttelte den Kopf.

„Ich spare seit annähernd drei Jahren jeden einzelnen Dollar für meine Mutter. Glaub mir, ich sehne mir nichts lieber herbei, als sie endlich in Behandlung geben zu können.“

Seine dunklen Augen fixierten mich, schienen jedes noch so kleine Detail an mir wahrzunehmen. Das Trommeln meiner Finger gegen das Cocktailglas. Meine Halsschlagader, die deutlich hüpfen musste, und die Tatsache, dass ich ihm nicht lange in die Augen sehen konnte.

Ich hatte ein Déjà-vu und fühlte mich an mein Bewerbungsgespräch zurückerinnert. Damals hatte er mich mit demselben Blick bedacht. Einem Blick, dem man nichts vormachen konnte, weil er einem direkt in die Seele schaute.

„Das mag sein, aber trotzdem ist da eine Angst in dir, die fast spürbar ist. Ich sehe sie in deinem Blick, jedes Mal, wenn du deine Mutter ansiehst oder von ihr sprichst.

Du hast Angst, zu scheitern, Maggy, bzw. dass deine Mutter es tut und alles umsonst war. Denn auch du weißt, dass eine Therapie kein Garant dafür ist, die Sucht zu besiegen. Rückfälle kann es ein Leben lang geben."

Seine Worte schnürten mir die Luft ab – ich konnte nicht mal mehr einen Schluck von meinem Getränk nehmen. Und er hatte recht, ich konnte ihm wirklich nicht in die Augen sehen – schon gar nicht, nachdem er mir erneut die Maske vom Gesicht gerissen hatte. Dennoch zwang ich mich, seinem Blick standzuhalten, und hob beinahe gleichgültig die Schultern.

„Nachdem wir dann meine verquere Lage und meine Ängste auf den Tisch gelegt haben: Was schlägst du vor?"

Mein schnippischer Ton ließ Genugtuung in seinen Augen aufblitzen, denn er zeigte deutlich, dass er ins Schwarze getroffen hatte.

„Zuerst solltest du etwas essen und dann solltest du über mein Angebot nachdenken. Ich kenne jemanden, der deiner Mutter helfen kann."

„Nicht nötig, ich vertrage eine Menge Alkohol", winkte ich ab. „Aber wen meinst du mit *helfen*? Dr. Benner?"

„Nein, jemand anderes. Allerdings ist er gerade nicht

in der Stadt. Wenn er wiederkommt, würde ich deine Mutter gerne mit ihm bekannt machen."

„Und wann wird das sein? Du weißt, dass ich nicht mehr lange für dich arbeite. Nicht einmal mehr zwei Wochen, um genau zu sein."

Wieder lächelte er, und diesmal sah es nicht nur absolut hinreißend, sondern auch verboten aus.

„Meine Hilfe gilt natürlich über unser Arbeitsverhältnis hinaus, Maggy."

Ich starrte ihn einen endlosen Moment lang an und fragte dann: „Warum machst du das?"

Ehrlich, ich verstand es nicht. Wir standen uns in keinerlei Hinsicht nahe, kannten uns nicht einmal, wenn man einmal die Tatsache außer Acht ließ, dass ich mit seiner Schwester befreundet war und für ihn arbeitete.

Und weil ich auch vorher nie bei Cat gewesen war und sie entweder in der Uni oder auf meinen Partys gesehen hatte, bezweifelte ich, dass ich ihn je wiedersehen würde.

Tat er es also wirklich nur, weil er Geld besaß und die Möglichkeit dazu hatte? Ich wollte nicht, dass er sich mir und meiner Mutter gegenüber in irgendeiner Weise verpflichtet fühlte. Etwa weil er uns schon so oft geholfen hatte, dass er glaubte, es nun auch zu Ende führen zu müssen.

Aber ich traute mich auch nicht, es ihm auszureden – auf eine weitere Analyse meiner Psyche konnte ich getrost verzichten.

Er sah mich lange an, so lange, dass ich mich fragte, was es da zu überlegen gab. War die Wahrheit so furchtbar, dass er sich die Worte erst zurechtlegen musste?

„Jedenfalls nicht aus Mitleid, wenn du das befürchtest." Unwillkürlich stieß ich den Atem aus. So etwas in der Art hatte ich tatsächlich befürchtet. *Maggy Carter, das bemitleidenswerte Mädchen mit der alkoholkranken Mutter.*

So wollte ich nie gesehen werden, *das* war der Grund, weshalb ich so hart arbeitete. Um nach außen hin dasselbe unscheinbare Leben zu führen, das auch alle andere lebten – oder zumindest vorgaben zu leben.

„Vielmehr finde ich, dass du es verdient hast. Ich habe selten jemanden gesehen, der sich für eine Person so sehr aufopfert und trotzdem so bescheiden ist. Zwar habe ich auch selten etwas so Stures gesehen …", fügte er scherzhaft hinzu.

„Danke, das Kompliment reicht mir völlig."

Wir grinsten uns an, und ich nippte an meinem Glas, das Kribbeln, das sein Lächeln in mir auslöste, ignorierend. Lag sicher am Alkohol, redet ich mir ein, bevor ich die Ellenbogen auf die Tischplatte legte.

„Also, Mr. Hawkey. Reden wir zur Abwechslung einmal über dich."

„Über mich?", fragte er lachend und lehnte sich zurück.

„Da gibt es nichts zu reden."

„Das glaube ich weniger, immerhin bist du der

begehrte Chris Hawkey. Außerdem hast du in den letzten Wochen so viel über mich erfahren, dass es nur fair ist, wenn wir auch mal in *deinem* Privatleben herumschnüffeln." Ich war mir sicher, dass ich nie so mutig gewesen wäre, wenn ich nüchtern gewesen wäre, und irgendwie gefiel es mir.

„Ich bin dein Chef, es ist unangemessen, mich über mein Privatleben auszufragen", sagte er nicht ganz ernst. In seinen Augen blitzte es erheitert auf.

„Nicht mehr lange. In weniger als zwei Wochen bist du einfach nur noch der Bruder meiner Freundin."

Amüsiert massierte er sein Kinn und wog ab, welche Informationen er mir übermitteln sollte, was ich ziemlich unfair fand. Ich wusste praktisch nichts über Chris, während er mir auf den Grund der Seele geblickt hatte.

„Ich esse gern Sandwich, Thunfisch mit Remoulade", überwand er sich schließlich.

„Ich liebe Football, gehe gern ins Kino, mag Kunst und höre Soulmusik. Ich male hin und wieder, wenn ich die Zeit dazu finde, und ich liebe es, meine Schwester zu ärgern."

„Ich weiß, meistens bin ich diejenige in der Uni, die sich ihre Hasstiraden anhören darf", sagte ich belustigt.

„Und? Ist dein Wissenshunger jetzt gestillt?", erkundigte er spöttisch.

„Nein. Mir kommt es vor, als hätte ich nicht einmal an der Oberfläche gekratzt. Aber ich werde die

Informationen schon noch aus dir herauskitzeln", verkündete ich überzeugt und nahm einen weiteren Schluck. Er lachte. „Du kannst es ja mal versuchen."

Wir amüsierten uns prächtig. Zwar nahm ich mir immer wieder vor, ihm private Informationen zu entlocken, doch Chris stellte sich als ziemlich harter Gesprächspartner heraus.

Wenn er es nicht wollte, gab er auch nichts preis, wohingegen er sich nicht scheute, mich auch über vergangene Beziehungen auszufragen.

Und, betrunken wie ich war, plauderte ich ohne Punkt und Komma aus dem Nähkästchen. Weit hinten, in meinem Unterbewusstsein, wusste ich, dass ich es später bereuen würde, doch es machte einfach unheimlichen Spaß, sich mit ihm zu unterhalten, also tat ich es den ganzen Abend.

Irgendwann ließ Chris die Rechnung kommen und führte mich zu seinem Wagen, wobei ich ein Wanken meinerseits registrierte.

„Ich will ja nicht sagen, dass ich es dir gesagt habe, aber … ich habe es dir gesagt", bemerkte er auf mein Kichern hin.

„Ich weiß, aber das habe ich gebraucht", sagte ich

und erfasste mit einem Hochgefühl, wie er sich bei mir einhakte. Lag es nur an meinem Zustand oder glühte die Stelle wirklich, an der sich unsere Arme berührten? Mir richtete seine Nähe jedenfalls die Haare auf.

„Scheint so."

Wir liefen nebeneinander her, und mein Blick blieb an seinem überaus schicken Outfit hängen. Heute Nachmittag war es mir nicht aufgefallen, weil ich zu sehr mit meiner Mutter beschäftigt war, aber jetzt stach es mir förmlich ins Auge.

„Oh nein", stöhnte ich. „Du siehst schon wieder so gut aus. Sag mir bitte nicht, dass du wieder verabredet warst, als ich dich im Supermarkt getroffen habe! Ehrlich, ich könnte mich nie wieder im Spiegel ansehen!"

Stirnrunzelnd schaute er an sich herab, als wäre ihm gar nicht aufgefallen, wie gut er aussah.

„Äh, nein, eigentlich wollte ich nur Vorräte für unseren sonntäglichen Spieleabend besorgen."

„Oh", machte ich. *Und soeben hast du ihm gesagt, dass du ihn gutaussehend findest!*

Wir hatten seinen Wagen erreicht, doch irgendwie wollte ich den Abend noch nicht zu Ende gehen lassen.

Es war so schön gewesen, Chris als Gesprächspartner zu haben, und wie er so vor mir stand und fragend auf mich herabsah, den schimmernden Nachthimmel über uns, wollte ich einfach nur in seinen Armen liegen und von ihm gehalten werden.

„Willst du nicht einsteigen?“, fragte er, die Stimme eigenartig belegt. Ich selbst brachte keinen Ton heraus und schüttelte nur den Kopf, denn sein atemberaubender Anblick nahm mich gefangen. Dann sah ich, wie sein Blick auf meine Lippen fiel.

Vielleicht war es nur unbewusst, aber es genügte, um meinen Puls in die Höhe zu treiben. Er öffnete den Mund, als wollte er die Situation entschärfen, doch dann schien er es sich anders zu überlegen und beugte sich unerwartet zu mir herunter.

Als mich seine Lippen das erste Mal trafen, riss ich unwillkürlich die Augen auf. Normalerweise hätte ich sie geschlossen, doch womöglich war es der Unglaube, der mich sie weit aufreißen ließ.

War das ein Traum? Ich meine, Chris Hawkey küsste mich und es fühlte sich wunderbar an! Seine Lippen lagen unendlich sanft auf meinen, als wollte er mich um Erlaubnis bitten, doch die Zärtlichkeit war mir nicht genug.

Mit einem hingebungsvollen Stöhnen zog ich ihn zu mir heran und verstärkte den Druck unserer Lippen. Ich wollte keine Zärtlichkeit. Ich musste von jemandem gehalten werden, von *Chris* gehalten werden, und ich wollte ihn mit jeder Faser meines Körpers spüren.

Geschickt öffnete er meinen Mund und drang mit der Zunge ein, was mir ein weiteres Stöhnen entlockte, und während er das tat, erkundeten seine

Hände meinen Körper.

Seine Technik war verboten gut und dieser Geschmack erst! Eine Mischung aus Minze und Honig, die sich in meinem Mund vermischte. Seine Hände kamen unter meinem Hintern zum Halten, und plötzlich fühlte ich mich hochgehoben und fand mich an seinen Wagen gepresst wieder.

Überrascht schnappte ich nach Luft, wodurch ich den Kuss unterbrach und sah, wie sich sein Blick veränderte.

Schwer atmend lehnte er die Stirn gegen meine und murmelte dann eine Entschuldigung. Nein, nein, er sollte sich nicht entschuldigen! Er sollte mich küssen, ich brauchte das!

Doch da ließ er mich auch schon runter und meine Füße berührten den Boden.

„Tut mir leid", sagte er noch einmal. „Keine Ahnung, was in mich gefahren ist. Komm, ich fahre dich nach Hause."

Und bevor ich auch nur dagegen protestieren konnte, hatte er mich zur Beifahrertür geschoben und hielt mir die Tür auf.

12

Noch bevor ich die Augen aufschlug, wusste ich, dass etwas anders war. Die Matratze unter meinem Körper war von einer angenehmen Festigkeit und hatte so gar nichts mit dem durchgelegenen Schinken zu tun, auf dem ich zu Hause schlief. Dazu kam dieser göttlich seidene Stoff auf meiner Haut, den ich aufgrund seines Gewichtes und der Konsistenz als Decke vermutete.

Es brauchte keinen weiteren Beweis und schon gar nicht das vertraute, herrliche Parfüm, das in die Decke eingezogen war, um mir zu sagen, dass ich nicht in meinem Bett lag. Schlimmer noch, ich lag in Chris‘ Bett!

Seinen wunderbaren Geruch hätte ich einfach überall erkannt. Einen endlosen Moment lang ließ ich die Augen geschlossen. Vielleicht war das ja nur ein Albtraum, aus dem ich jeden Moment erwachen würde.

Doch noch während ich die Augenlider vorsichtig hob – immer noch in der leisen Hoffnung, sein Zimmer würde sich vor meinen Augen auflösen – wusste ich, dass es nicht so war. Und dann waren meine Augen geöffnet, und ich betrachtete die schokoladenfarbenen Wände seines Zimmers. Verdammt!

Wie zum Teufel war ich hierhergekommen?! Vage erinnerte ich mich an unseren Kuss zurück, ein Kuss, der so vollendet war, dass er eigentlich nicht echt sein konnte. Doch alles, was nach dem Kuss geschehen war, war ziemlich verschwommen.

Ich wusste noch, dass ich eine Menge getrunken hatte, aber verdammt, das hatte ich schon oft getan - nur war ich danach nie in einem fremden Bett aufgewacht.

Schlimmer noch, es war das Bett meines Chefs, das ich jetzt liebend gern gegen ein fremdes eingetauscht hätte! Eigenartigerweise konnte ich mich beim besten Willen nicht daran erinnern, mit ihm geschlafen zu haben. Was gut war, oder? Denn daran hätte ich mich doch sicher erinnert. Doch so ganz wollte ich meiner Theorie noch nicht trauen, denn ich erinnerte mich an rein gar nichts, was über den Kuss hinausging.

Mit bebenden Fingern schlug ich die Decke zurück und machte gleich die nächste schockierende Entdeckung: Ich hatte ein wildfremdes Shirt an - von meinem fehlte jede Spur.

Etwas beruhigend war jedoch der Umstand, dass ich meine Hose noch am Leib trug. Dann konnte nicht viel geschehen sein, oder? Es sei denn, ich hätte mich danach wieder angezogen.

Gott, diese Unwissenheit war zum Verrücktwerden!

Und wo war überhaupt Chris abgeblieben? Sein Kopfkissen wies keine Dellen auf und auch sonst deutete nichts darauf hin, dass er sich hier aufgehalten hatte. Konnte ich daraus also schließen, dass auch nichts zwischen uns gelaufen war?

Andererseits, warum sollte ich dann in seinem Bett liegen? Ich sah ein, dass mich ein Monolog nicht weiterbringen würde und ich mir Antworten holen musste. Und diese würde ich nur außerhalb seines Zimmers bekommen.

Doch sein Zimmer zu verlassen, hieß, sich ihm zu stellen, und ich war mir nicht sicher, ob ich die Wahrheit wissen wollte. Und was war, falls ich Cat oder Lily begegnete?

Ich würde im Erdboden versinken, wenn sie mich aus seinem Zimmer spazieren sehen würden. Aus reiner Gewohnheit ging ich zu den Vorhängen und zog sie auf, um das Zimmer mit Licht zu fluten, und auch frischen Sauerstoff ließ ich herein.

Die einströmende Luft sorgte nicht nur für ein angenehmeres Raumgefühl, sondern auch für Klarheit in meinem Kopf und diese konnte ich gerade dringend gebrauchen.

Noch einmal betrachtete ich das Shirt an mir, das mir viel zu eng und zu kurz war und demnach nur Cat gehören konnte, dann ging ich zur Tür und atmete ein letztes Mal durch, bevor ich die Klinke hinunterdrückte. *Was auch immer dich erwarten wird, es ist sowieso nicht zu vermeiden, also trag es mit Fassung*, redete ich mir zu und betrat den Flur.

Mein Herz hatte noch nie so wild gepocht, als ich durch den Gang gelaufen war, nicht einmal, als mein Bewerbungsgespräch bei Chris angestanden hatte. Dennoch setzte ich die Füße tapfer voreinander - mein Ziel, ein Waschraum, der *nicht* an sein Schlafzimmer angrenzte.

Es genügte schon, dass ich in seinem Bett geschlafen hatte, da wollte ich nicht auch noch sein Badezimmer benutzen. Glücklicherweise lag das Nächste gleich schräg gegenüber und egal wie peinlich die Situation ohnehin schon war, ich wollte mich wenigstens frisch gemacht haben, wenn ich mir vor den anderen die Blöße gab.

Doch das Schicksal meinte es heute offenbar nicht gut mit mir, denn gerade, als ich die Türklinke des Badezimmers ergreifen wollte, traten Cat und Kyle in mein Blickfeld.

Beide schmunzelten über etwas und waren vermutlich auf dem Weg zur Treppe gewesen, um in ihr Zimmer zu gehen.

Und mit großer Wahrscheinlichkeit wären sie auch einfach an mir vorbeigelaufen - der fensterlose Flur barg kaum Licht. Doch unglücklicherweise zuckte ich bei ihrem Anblick zusammen und diese Bewegung, verbunden mit meinem hellen T-Shirt, lenkte ihre Aufmerksamkeit auf mich.

„Maggy!“, rief Catherine, nachdem sie abrupt stehen geblieben war, und schnappte nach Luft. „Hast du mich …“ *erschreckt*, wollte sie wohl sagen, doch dann wanderte ihr Blick zu meinem Oberteil, und ihre Augen weiteten sich.

„Was …“ Ungläubig schaute sie an mir vorbei zu Chris‘ Zimmertür, die einen Spalt offen stand, und ich sah ihre Kinnlade nicht nur aufklappen.

„Oh mein Gott, sag mir nicht, dass du gerade aus Chris‘ Zimmer kommst. Oh mein Gott, *du* und mein Bruder!“, rief sie und starrte mich an, als wäre mir ein drittes Auge gewachsen.

Kyle grinste mich nur ungläubig an, doch darauf achtete ich kaum, denn kurz war ich über ihre Worte empört. Catherines Reaktion nach war es offenbar vollkommen abwegig, dass sich jemand wie Chris für mich interessieren könnte!

Doch dann rief ich mir in Erinnerung, dass wohl jede Freundin so reagieren würde, wenn sie an ihrer Stelle wäre, und meine Empörung verpuffte.

„Äh, also, ich kann das erklären …“, sagte ich und nahm vorsichtig die Hand von der Klinke, als fürchtete ich, Cat könnte sich jeden Moment auf mich stürzen, wenn ich mich zu schnell bewegte.

„Tatsächlich? Da bin ich aber mal gespannt.“ Es war nicht Catherine, die gesprochen hatte, sondern Chris höchstpersönlich, der mit einer dampfenden Kaffeetasse um die Ecke bog.

Lässig lehnte er sich an die Wand, seinem erheiterten Blick nach zu urteilen hatte er nur darauf gewartet, dass Cat und ich uns begegneten.

„Ich kann es einfach nicht glauben. Als du mir gesagt hast, du brauchst ein sauberes Shirt für deine Begleitung, hast du Maggy mit keinem Wort erwähnt!“ Vorwurfsvoll und immer noch schockiert betrachtete sie ihren Bruder, der nur amüsiert die Schultern hob.

„Natürlich nicht, die Überraschung wollte ich mir auch auf keinen Fall entgehen lassen.“

Wäre ich nicht selbst betroffen gewesen, hätte ich über Catherines Gesichtsausdruck gelacht, denn diesem nach zu urteilen war ihm die *Überraschung* durchaus gelungen.

„Trotzdem, hätte ich gewusst, dass es Maggy ist, hätte ich dir nicht so ein verwaschenes Oberteil gegeben ...“

„Ah, verstehe, dann hältst du die durchgetragenen Sachen also nur für meine Dates bereit“, stellte Chris in gespielter Empörung fest.

„Na, ich werde ihnen wohl kaum meine Lieblingssachen geben. Hätte ich allerdings gewusst, dass du und Maggy …“

„Zwischen uns ist nichts gelaufen!“, fiel ich ihr energisch ins Wort. Chris‘ Augen blitzten amüsiert auf, als er fragte: „Bist du sicher?“

Nein, aber ich war mir sicher, dass er mich noch nie so geneckt hatte. Er schien äußerst guter Laune zu sein.

„Glaub ich dir aufs Wort, Maggy! Also, was läuft da zwischen euch?“, fragte Cat, als hätte ich überhaupt nichts gesagt. Aber wie konnte ich es ihr auch verübeln? Die Beweise schienen auf der Hand zu liegen – zumindest für einen Außenstehenden.

Mein Blick heftete sich auf Chris. „Weißt du, das würde ich auch gerne wissen. Was ist da gestern zwischen uns gelaufen?“

Irritiert über meine Frage sah Cat erst mich und dann ihren Bruder an, bevor sie die Arme verschränkte.

„Also?“

Doch da machte sich Kyle mit einem Räuspern bemerkbar, und alle Augen richteten sich auf ihn. „Vielleicht sollten wir die beiden erst mal alleine lassen“, schlug er vor. Enttäuscht schaute Cat von ihrem Bruder zu mir.

„Aber ich will wissen, was da zwischen den beiden läuft. Ich bin seine Schwester … und sie trägt mein T-Shirt, ich habe ein Recht darauf!“

Chris lachte in sich hinein, und auch Kyle wirkte amüsiert. „Ich kann deine Neugierde verstehen, aber gönnen wir den beiden erst einmal etwas Privatsphäre, Schatz.“

Damit legte er einen Arm um ihre Schultern und führte sie um die Ecke.

„Privatsphäre haben sie offenbar schon genügend gehabt!“, hörte ich Cat noch sagen, bevor sie außer Hörweite waren.

„Komm, lass uns im Zimmer weiterreden.“ Chris stieß sich von der Wand ab und lief mit gemächlichen Schritten an mir vorbei – ich folgte ihm befangen.

Wollte ich wirklich wissen, was gestern geschehen war? Mir wäre es lieber gewesen, ich hätte mich aus dem Haus stehlen und in meinem Haus verschanzen können. Aber früher oder später hätte ich ihm sowieso unter die Augen treten müssen – es war unausweichlich!

„Hast du gut geschlafen?“ Er stellte die Kaffeetasse neben mir auf den Tresen und fügte hinzu: „Der ist übrigens für dich.“

Ich starrte das Gefäß an, als könnte es ätzende Säure enthalten, und beobachtete, wie er sich in den ledernen Sessel fallen ließ, der auf der Seite des Bettes stand. Wie er so die Beine überschlug und aufgrund seiner schwarzen Sachen, könnte er glatt als Mafioso durchgehen.

„Was ist gestern passiert, Chris?“

„Klären wir das Wichtigste zuerst, du siehst nämlich aus, als würdest du dich gleich vor Sorge übergeben. Wir haben nicht miteinander geschlafen.“

Unendlich erleichtert stieß ich die Luft aus, von der ich nicht einmal gemerkt hatte, dass ich sie bis eben angehalten hatte.

Und er hatte recht, ich fühlte mich wirklich etwas kraftlos. Ob es an meiner Beklemmung lag oder ich einfach noch von gestern geschwächt war, konnte ich jedoch nicht sagen. Dafür schien es mir aber deutlich anzusehen zu sein.

„Was ist mit meiner Mutter und Dr. Benner?“ Ich hielt den Atem an, weil ich mir nicht einmal vorstellen wollte, welche Sorgen sie ausgestanden haben musste.

„Ihr geht es gut. Jeremy hat heute Morgen noch einmal nach ihr gesehen. Bitte, willst du dich nicht lieber aufs Bett setzen?“

Er fixierte mich, als wollte er mich mit bloßem Blick zum Handeln bringen, doch ich rührte mich keinen Millimeter. Kein Sex hin oder her, aber ich würde mich diesem Bett nie wieder nähern.

„Ist das nicht etwas unpassend? Schließlich bist du mein Chef.“

Er schnaubte, als hätte ich ihn beleidigt. „Sind wir darüber nicht längst hinaus?“

Ach, waren wir das? Weshalb? Wegen des Kusses?

Anstatt zu antworten, sagte ich: „Bitte sag mir, was gestern geschehen ist. Warum bin ich hier und nicht zu Hause?“

„Dass wir uns geküsst haben, weißt du aber noch, oder?“ Wieder dieser intensive Blick, der mich in die Knie zu zwingen drohte. Es war fast, als wollte er mich mit der offenen Ansprache herausfordern, meine Gefühle hervorkitzeln. Und er hatte Erfolg, denn meine Wangen färbten sich augenblicklich rot, was ihm Antwort genug zu sein schien.

„Hätte ich gewusst, dass du nicht so viel verträgst, hätte ich dich schon vorher gestoppt, aber du hast mir ja beteuert, viel zu vertragen …“

Aufmerksam starrte er mich an, und ich fragte mich, was *er* bei der Vorstellung empfand, mich geküsst zu haben. Er machte jedenfalls keine Anstalten, weiter darauf einzugehen, weder im positiven noch im negativen Sinne, und das war irritierend.

„Das tue ich auch, normalerweise“, sagte ich leise. Ehrlich, ich hatte keine Ahnung, was ich gestern anders gemacht hatte als sonst.

„Jedenfalls warst du irgendwann nicht mehr ansprechbar, also habe ich dich nach Hause gefahren – oder wollte es zumindest. Wir waren nur eine Straße von hier entfernt, als du plötzlich an der Autotür gerüttelt hast und gesagt hast, du müsstest dich übergeben. Also habe ich angehalten und … nun ja.“

„Oh Gott“, ich fasste mir stöhnend an den Kopf. „Das habe ich nicht getan!“

„Ich wollte dir wieder ins Auto helfen, aber du hast gesagt, dass du keinen Meter damit fahren könntest, ohne dass es dir wieder hochkommt. Also habe ich das Auto stehen lassen und dich den kurzen Weg zu mir gebracht.

Eigentlich wollte ich dich nur aufpäppeln und später nach Hause fahren, aber dann bist du am Küchentisch eingeschlafen …“

Ich erlaubte nicht, mir das Gehörte vorzustellen, denn dann hätte ich mich nur noch mehr geschämt, und versuchte stattdessen, es aus nüchterner Entfernung zu betrachten. Ich konnte mich ohnehin nicht daran erinnern, taten wir also einfach mal so, als ginge es hier nicht um mich.

„Aber warum in deinem Bett? Ihr habt über zwanzig Zimmer in diesem Haus.“

„Und nur wenige davon sind Gästezimmer, wie du weißt. Ich hätte dir ja eins herrichten können, aber dann hätte Cat gesehen, dass du es bist. Der einfachste und für dich schonendste Weg war also, dich in meinem Bett schlafen zu lassen.“

Ich starrte ihn an und traute mich die nächste Frage kaum zu stellen.

„Wo hast *du* geschlafen?“

„Neben dir natürlich.“

Ich schluckte.

„Und wer hat mein Shirt gewechselt?!“

Er schluckte, und seine Augen nahmen einen wachsamen Ausdruck an.

„Das Licht war aus und dein anderes war vollkommen besudelt …“

Mit anderen Worten, *er* hatte es mir ausgezogen! Ich konnte mich gerade noch zurückhalten, nach meinem BH zu tasten. Die Blöße wollte ich mir vor ihm nicht geben. Dafür atmete ich tief ein, um zu fühlen, ob es spannte. Tat es, wie ich erleichtert feststellte - er hatte ihn mir also nicht ausgezogen.

Obwohl es unmöglich war, glaubte ich, es in seinen Augen amüsiert funkeln zu sehen, als wäre ihm die Bewegung nicht entgangen. Dabei konnte er unmöglich wissen, was mein Luftholen zu bedeuten hatte – *es sei denn, er ist genauso ein Frauenkenner, wie man ihm nachsagt!*

Abwartend musterte er mein Gesicht, als er erwartete er einen Wutausbruch oder dergleichen, doch ich atmete nur erschöpft aus und sagte schließlich: „Danke.“

Verblüfft zog er die Brauen hoch.

„Danke? Ehrlich gesagt habe ich mit einer Ohrfeige gerechnet.“

Ich lachte verlegen und strich mir die Haare aus dem Gesicht.

„Wie könnte ich denn? Du hast schon so viel für mich getan, ich denke, da kann ich darüber hinwegsehen.“

Er lächelte und nickte dann zur Tasse. „Trink das, du brauchst Energie.“

Also tat ich es, wobei mich seine Augen kein einziges Mal losließen, während ich die warme Flüssigkeit hinunterschluckte. Kurz begegneten sich unsere Blicke über den Tassenrand hinweg, doch ich senkte ihn schnell wieder. Chris schien auf etwas zu warten, und ich hatte auch einen leisen Verdacht, worauf.

„Was den Kuss angeht …“, sagte ich schließlich und stellte das halbleere Gefäß zurück. Ich glaubte, etwas in seinen Pupillen aufleuchten zu sehen, eine Art Anspannung oder Erwartung, doch wahrscheinlich war es nur eine Reflektion des einfallenden Sonnenlichts.

„Denke ich, dass ich ihn mit gutem Gewissen dem Alkohol zuschieben kann. Außerdem war ich psychisch labil und nicht zurechnungsfähig.“

Wow, ich klang so überzeugend, dass ich mir beinahe selbst glaubte.

„Du brauchst also nicht zu befürchten, dass ich zu den verrückten Haushälterinnen gehöre, die dir an die Wäsche wollen."
Ich lächelte, und er lächelte zurück.
„Wie beruhigend."
Damit erhob er sich schwungvoll von seinem Platz und steuerte die Tür an.
„Ich nehme an, du weißt, wo du die Gästehandtücher findest?"
Seine Hand ruhte bereits auf der Türklinke, als er sich noch einmal zu mir umdrehte.
Überrumpelt von seinem plötzlichen Aufbruch nickte ich nur.
„Gut, dann fühl dich wie zu Hause und mach dich in Ruhe frisch."
Damit ließ er mich in seinem Zimmer stehen, und ich starrte noch eine ganze Weile die geschlossene Tür an.

13

Die nächsten zwei Wochen zogen nur so an mir vorbei, dabei wurde der Kuss weder zur Sprache gebracht, noch ließ sich jemand von uns etwas anmerken. Zumindest nach außen hin nicht, denn jedes Mal, wenn Chris an mir vorbeilief, wenn er mich ansprach oder auch nur in meine Richtung sah, bekam ich unbändiges Herzflattern.

Und das ärgerte mich, denn Chris schien unseren Kuss längst vergessen zu haben. Ich konnte weder seiner Tonlage noch seinen Blicken entnehmen, wie er dazu stand, aber irgendetwas musste er doch gefühlt haben, schließlich hatte *er* mich geküsst, oder?

Doch genauso wenig, wie ich ihn auf jenen Abend ansprach, ließ ich mir etwas anmerken.

Was sollte das auch bringen? Chris hatte schon zu Beginn meiner Beschäftigung deutlich gemacht, dass er sich nicht auf Personal einließ, warum sollte sich wegen eines unbedeutenden Kusses etwas daran geändert haben?

Es war am Ende wohl doch so, wie Cat immer gesagt hatte: Er war ein unverbesserlicher Frauenheld und der Kuss vermutlich nichts weiter als ein Reflex gewesen.

Und nun war der Tag gekommen, an dem ich diesem königlichen Palast und meinem fürstlichen Gehalt Lebewohl sagen musste.

Von Lily und ihrer Tochter hatte ich mich schon gestern verabschiedet und als Andenken ein selbst gemaltes Bild geschenkt bekommen – ein orangefarbenes Pferd mit grüner Mähne und pinkfarbenen Hufen.

Jetzt war nur noch Chris übrig - Cat würde ich ja spätestens in der Uni wiedersehen – und genau wie am Tag meiner Vertragsunterzeichnung registrierte ich auch jetzt wieder ein wildes Pochen in meiner Brust.

Auf mein Klopfen hin bat Chris mich herein. Ich trug noch meine Arbeitskleidung, würde mich aber, sobald ich meine Unterlagen in den Händen hielt, umziehen und die Villa ein für alle Mal verlassen. Eine eigenartige Leere breitete sich bei dem Gedanken in mir aus.

Nicht, weil ich um meine zukünftige Existenz fürchtete - ich hatte längst eine neue Stelle gefunden, die ich übermorgen antreten würde – sondern weil es einfach nur schmerzte.

„Maggy“, sagte er und bot mir den Platz gegenüber an. „Heute ist es wohl so weit.“

Ich war nicht fähig, zu antworten – noch saß der Kloß in meinem Hals zu tief - deshalb lächelte ich nur, während ich mich setzte.

„Dein Arbeitszeugnis und all deine Unterlagen

findest du in dieser Mappe."
Er hielt die Unterlagen flüchtig hoch, legte sie auf den Tisch und verschränkte die Hände darauf, sodass ich keine Möglichkeit hatte, danach zu greifen.
„Vorher würde ich aber gerne noch wissen, wie es dir bei uns gefallen hat?"
„Gut."
„Gut?", wiederholte er lachend. „Mehr nicht?"
„Nun ja, es … hat Spaß gemacht", sagte ich kurz angebunden und ärgerte mich, dass ich seinem Blick nicht standhalten konnte. Immer wieder senkte er sich auf die Mappe, in der Hoffnung, er würde sie mir nur endlich überreichen. *Gottverflucht! Wo ist nur dein Pokerface geblieben?*, schalt ich mich. *Reiß dich gefälligst zusammen!* Doch seinen Adleraugen schien nichts zu entgehen, weswegen er sich stirnrunzelnd nach vorn beugte.
„Ist alles in Ordnung? Du siehst aus, als kippst du mir jeden Moment um."
Ich schnaubte und konnte den bitteren Ton einfach nicht unterdrücken, als ich antwortete: „Ja, Chris, es ist alles in Ordnung!"
Tun wir einfach weiterhin so, als wäre nichts zwischen uns vorgefallen. Du hast dir einen Kuss geholt und mich dann ohne jede Erklärung fallen lassen. Was soll also schon los sein?
Nur mein Stolz hielt mich davon ab, ihm diese Worte entgegenzuschleudern, doch er sollte nicht sehen, wie sehr mich seine diesbezügliche Schweigsamkeit verletzte.

Offenbar war der Kuss nicht einmal eine Erwähnung wert, und es war ja nicht so, dass es in den letzten zwei Wochen nicht genügend Gelegenheit dazu gegeben hätte!

Er hätte mir zum Beispiel erklären können, *warum* er mich geküsst hatte, was ihn geritten hatte, als es so plötzlich über ihn gekommen war, doch stattdessen hatte er so getan, als wäre nie etwas geschehen.

Er mochte das vielleicht nicht so verkniffen sehen und mich sogar für kleinlich halten, aber für mich war es eben nicht einfach nur ein Kuss gewesen.

Ich küsste niemanden, wenn er mir nichts bedeutete, und ganz sicher *ließ* ich mich auch nicht so einfach küssen. Aber ihm das zu erklären, wäre sinnlos – wir würden uns ohnehin nie wiedersehen. Leider bekam er wieder diesen Röntgenblick, der bis auf den Grund meiner Seele schauen zu können schien.

„Offenbar nicht, und ich möchte auch nicht, dass wir im Streit auseinandergehen. Also, was liegt dir auf dem Herzen?"

Ich schüttelte den Kopf, und als ich sicher war, dass meine Stimme wieder neutral klingen würde, sagte ich: „Es ist nichts, ich war wirklich zufrieden bei euch.

Ich werde dich als Arbeitgeber uneingeschränkt weiterempfehlen und hoffe, dass das auf Gegenseitigkeit beruht. Bekomme ich jetzt bitte meine Unterlagen?" Na also, es ging doch! Warum nicht gleich so? Ich glaubte, mir ein Zucken seiner

Mundwinkel einzubilden, war mir aber nicht sicher, weil er sich im selben Moment über den Bart strich.

„Also gut, wenn es weiter nichts zu klären gibt …"

Er reichte mir die Mappe, die ich mir – ohne auch nur den Inhalt oder die Beurteilung überprüft zu haben – unter den Arm klemmte und stand auf.

„Hast du über mein Angebot nachgedacht? Soweit ich weiß, hat sich dein Geld bisher nicht wiedergefunden."

Mit wachsamen Blicken beobachtete ich, wie er um seinen Schreibtisch herum kam und vor mir stehen blieb. Seine Nähe war beinahe unerträglich für mich und sein Parfüm, das mich durch den Schwung seiner Bewegung einhüllte, war nichts als reine Folter.

„Das habe ich, und ich denke, ich helfe meiner Mutter lieber selbst." Mit anderen Worten, ich blieb stur, wie er in der Bar so schön gesagt hatte. Ehrlich gesagt hatte ich andere Pläne gehabt.

Bevor wir uns geküsst hatten, hatte ich mich dafür entschieden, seine Hilfe in Anspruch zu nehmen, doch nun konnte ich es nicht mehr – nicht, nachdem ich mich so benutzt fühlte. Meine Worte klangen freundlich, aber auch bestimmt und eine Spur trotzig. Eigenartigerweise entlockten sie ihm aber ein Lächeln.

„Das habe ich mir beinahe gedacht."

Mit Entsetzten beobachtete ich, wie er seine Hand hob und mir eine Strähne hinters Ohr strich. Und obwohl er mich kaum berührte, war ich mir seiner Nähe nur allzu bewusst und konnte gerade noch

verhindern, die Augen zu schließen.
„Danke, dass ich bei euch arbeiten durfte. Auf Wiedersehen", sagte ich und flüchtete praktisch aus seinem Büro.

Als ich zwanzig Minuten später mit meiner gepackten Tasche ins Wohnzimmer kam, traf ich nicht nur Kyle und Cat auf dem Sofa an, sondern zu meinem Unbehagen auch Chris. So viel zu meinem Plan, ihm nie wieder unter die Augen zu treten! Elegant hatte er die Beine übereinandergeschlagen und las in einer Wirtschaftszeitung.
Cat erhob sich von ihrem Platz und kam zu mir.
„Ich kann nicht fassen, dass du wieder gehst. Sind die fünf Wochen wirklich schon rum?"
Sie zog mich in eine feste Umarmung, und ich erwiderte die herzliche Geste.
„Wird bestimmt langweilig ohne dich. Vor allem …" Sie hob die Stimme und schielte in Chris' Richtung. „Da wir jetzt keine heimlichen DVD-Tage mehr machen können, wenn Chris nicht zu Hause ist."
„Cat!" Schockiert befreite ich mich aus ihrer Umarmung und linste zu meinem ehemaligen Chef hinüber. Er hatte mich zwar bereits ausgezahlt, aber das bedeutete nicht, dass ich nicht weiterhin einen

guten Eindruck machen wollte. Schließlich könnte er mich in seinen Kreisen weiterempfehlen und es mir ermöglichen, auch weiterhin so gut zu verdienen. Doch Cat lachte nur und auch Chris, der es definitiv gehört haben musste, verzog nur leicht die Mundwinkel. Fast war es, als würde es ihn nicht kümmern … *oder als hätte er es längst gewusst*, überlegte ich.

„Die Uni fängt ja in einer Woche an, dann sehen wir uns wieder häufiger“, sagte ich.

„Stimmt auch wieder. Hey, weißt du was? Komm doch nachher zu unserem Spieleabend, sozusagen als Abschiedstreffen. Chris hat einen gewaltigen Berg Chips gekauft, und Tara, Kyle und Dale werden auch da sein. Um 20 Uhr geht's los, bist du dabei?“, lud sie mich ein.

Ohne dass ich etwas dagegen unternehmen konnte, ging mein Blick automatisch zu Chris, der gemütlich in seinem Sessel saß. Seine Miene war konzentriert auf die Zeitung gerichtet, und doch glaubte ich, sein Gesicht minimal reagieren zu sehen.

Wahrscheinlich wollte er unser peinliches Erlebnis so schnell wie möglich vergessen und versuchte nur, es zu verbergen. Ich wollte es jedenfalls … oder zumindest die Gefühle, die dabei in mir hochkamen.

„Außerdem kommen meine Eltern vorbei, und ich dachte … vielleicht könntest du deine Mutter mitbringen.“

Kurz nachdem Chris von der Sucht meiner Mutter erfahren hatte, hatte ich es auch Cat gebeichtet, doch verständnisvoll, wie sie war, hatte sie mir die jahrelange Lüge nicht übelgenommen. Im Gegenteil, sie hatte meine Entscheidung absolut nachempfinden können.

„Cat, du weißt doch, dass das nicht geht. Sobald auch nur ein Tropfen Alkohol auf dem Tisch steht ...“

„Dann lassen wir ihn eben weg. Machen wir einen alkoholfreien Spieleabend daraus.“ Unsicher biss ich mir auf die Lippen und begegnete Kyles Blick, der mir aufmunternd zunickte, als Cat hinzufügte: „Ehrlich gesagt, war es Moms Idee. Sie kennt dich noch von den Schulfesten her und sie fand dich immer nett. Als sie davon gehört hat, wollte sie deine Mutter unbedingt kennenlernen. Heute wäre der perfekte Tag dafür.“

„Ehrlich?“, fragte ich überrascht.

„Ja, sie ist Vorstandsvorsitzende unserer Hilfsorganisation, sie kann euch sicher helfen.“

Womit ich Hilfe annehmen könnte, ohne sie direkt von Chris zu beziehen. Wieder ging mein Blick zu ihm, dann atmete ich tief durch und nickte. „Also gut, ich frage sie.“

„Mach das, Mom würde sich wirklich freuen, sie kennenzulernen.“

Damit verabschiedete ich mich von ihnen, und als ich die Villa hinter mir ließ, hatte ich nicht nur das Gefühl, einen guten Arbeitsplatz verloren zu haben.

Meine Stimmung war geknickt. Einerseits freute ich mich, Chris nie wiedersehen zu müssen – mit Ausnahme des heutigen Abends, wenn ich Mom denn zum Mitkommen überreden konnte – und andererseits machte mich genau das traurig.

Während ihn der Kuss scheinbar kalt ließ, schwankte ich zwischen Wut und Trauer.

Die gegensätzlichen Gefühle schienen in meinem Inneren ein Tauziehen zu veranstalten, und jedes Mal, wenn ich mir sicher war, dass die Wut gewinnen würde, kam die Trauer zurück, plötzlich, ohne Vorwarnung, und ließ mich in Erinnerung an seine unglaublich weichen Lippen schwelgen. Das war einfach nicht fair.

Doch Wut und Trauer sollten nicht die einzigen Empfindungen sein, von denen ich heute heimgesucht wurde. Fassungslosigkeit war wohl das stärkste der Gefühle, das ich empfand, als ich ins Wohnzimmer trat und die blaue Kiste auf dem Tisch sah.

„Oh mein Gott, ist das etwa *meine* Kiste?“, fragte ich fassungslos und kam näher.

Erst Moms Schniefen ließ mich meinen Blick davon lösen und zu ihr schauen.

Ihr reumütiger Blick und ihre feuchten Augen ließen eine Ahnung in mir aufsteigen und meinen Hals trocken werden.

„Wo hast du sie her?“, fragte ich tonlos und ließ mich in den gegenüberliegenden Sessel fallen.

„Maggy, mein Schatz, bitte lass es mich dir erst erklären“, bat sie und wartete auf eine Reaktion. Ich presste die Lippen zusammen und nickte.

„Ich weiß, dass es nicht immer friedlich zwischen uns zugegangen ist und dass ich dir das Leben stückweise zur Hölle gemacht habe, aber ich habe ganz sicher nie gewollt, dass du dich für mich aufgibst.

Weißt du, als ich aus dem Krankenhaus entlassen wurde, habe ich mir fest vorgenommen, meine Sucht zu bekämpfen, und die ersten Tage hat es auch tatsächlich funktioniert.“

Sie machte eine Pause und wischte ihre Tränen weg.

„Aber dann habe ich diese Kiste unter deinem Bett entdeckt. Du musst mir glauben, dass das reiner Zufall war. Ich wollte dir eine Freude bereiten, indem ich dein Zimmer aufräume …“

Sie lachte traurig. „Was wohl das Mindeste war, nachdem du mir jahrelang hinterher geräumt hast. Und dann bin ich beim Saugen auf diese Kiste gestoßen und als ich sie geöffnet habe …“

Sie brach ab und sah mich unendlich traurig an. „Maggy, mein Schatz, ich konnte das nicht annehmen. Nachdem du jahrelang von der Therapie gesprochen hast, war mir sofort klar, dass du das Geld für mich gespart hast. Das konnte ich einfach nicht zulassen.“

„Aber warum hast du mir das nicht einfach gesagt?!“, fragte ich betroffen und klang nicht annährend so vorwurfsvoll, wie ich eigentlich wollte. Aber wie

könnte ich auch? Nun, da ich ihre Beweggründe kannte?
„Ich habe Anzeige erstattet und jemanden zu Unrecht beschuldigt!"
„Ich weiß, mein Schatz, es tut mir wirklich leid."
Tief durchatmend lehnte ich mich zurück und wischte mir mit der Hand übers Gesicht. Shane musste mich für komplett verrückt halten! Und dann die Anzeige. Wie sollte ich der Polizei erklären, warum ich sie wieder fallen lassen wollte?
Wir schwiegen, jeder in seine eigenen Gedanken vertieft. Ich glaube, es war das erste Mal seit Jahren, dass es so ruhig zwischen uns war, während wir zusammensaßen.
„Hast du deshalb wieder mit dem Trinken angefangen? Weil du das Geld gesehen hast?", fragte ich, einer plötzlichen Eingebung folgend. Sie sah mich nur schweigend an, doch das war mir Antwort genug.
„Ich war einfach so erschüttert, dass du dich all die Jahre für mich aufgeopfert hast, dass ich automatisch zur Flasche gegriffen habe. Ich meine, ich habe es auch vorher schon gemerkt, irgendwie, in meinem Alkoholrausch, aber es zu *sehen*, war etwas anderes. Wenn du mich jetzt dafür hasst …"
„Ich hasse dich doch nicht!", sagte ich und kam zu ihr. Mit großen Augen sah sie dabei zu, wie ich mich neben sie setzte und einen Arm um ihre Schultern legte. Ich wusste selbst nicht, woher das plötzliche

Bedürfnis kam, aber die Wut der letzten Wochen war verflogen und im Moment tat sie mir einfach nur leid. Unwillkürlich nahm ich einen Atemzug und registrierte mit Verwunderung, dass sie nicht nach Whisky roch.

„Hast du heute nichts getrunken?"

Sie schüttelte den Kopf. „Was nicht heißt, dass ich es nicht will, aber … ich konnte heute einfach nicht. Mein Gewissen hat es nicht zugelassen."

Ich drückte ihre Schulter, ganz sacht nur, doch es genügte, um sie flüchtig die Augen schließen zu lassen. Unglaublich, wie ruhig sie war, wenn sie nicht getrunken hatte. Daran könnte ich mich gewöhnen. Apropos.

„Wollen wir heute Abend zu den Hawkeys gehen? Sie veranstalten ihren wöchentlichen Spieleabend und die Eltern würden dich gerne kennenlernen."

„Mich?", fragte sie und fasst sich überrascht an den Hals.

„Ja, wir sind beide eingeladen."

Erst wollte sie sich freuen – Mom war einer ihrer größten Schokoladenfans überhaupt -, doch dann wurde ihr Blick unglücklich. „Ich denke, das ist keine gute Idee. Du weißt, dass es mir in Gesellschaft schwerer fällt."

„Es wird dort keinen Alkohol geben", versicherte ich ihr mit einem aufmunternden Blick, erzielte damit aber genau den gegenteiligen Effekt.

„Umso schlimmer. Ich will nicht der Grund sein,

dass sie auf etwas verzichten müssen oder sich in irgendeiner Weise eingeschränkt fühlen."

„Tun sie doch gar nicht, Mom."

„Wenn sie für mich darauf verzichten, dann schon", widersprach sie.

„Aber geh du ruhig, ich wollte ohnehin meine Serie schauen."

Das hörte sich nicht nur unendlich traurig an, sondern war auch gelogen, denn ihre Serien liefen nie am Wochenende - das wusste ich. Sie griff nach der Fernbedienung auf ihrem Schoß und begann ziellos durch das Programm zu schalten, und ich beobachtete sie aus dem Augenwinkel dabei. Dann fasste ich einen Entschluss.

Ohne Vorwarnung nahm ich ihr die Fernbedienung aus der Hand, woraufhin sie mir einen irritierten Blick schenkte.

„Was soll das werden?"

„Wonach sieht es denn aus? Ich bestimme das Programm."

„Und was ist mit eurem Spieleabend?"

Ich lächelte sie von der Seite an. „Die Hawkeys können sich auch ganz gut ohne uns amüsieren. Der heutige Abend gehört dir."

14

Als ich aufwachte, fühlte ich mich noch genauso schläfrig wie am Vorabend, als ich schlafen gegangen war, doch zum ersten Mal störte es mich nicht, bedeutete es doch, dass ich mich die ganze Nacht mit meiner Mutter amüsiert hatte. Vielleicht gab es doch noch Hoffnung für sie, auch wenn sie der Meinung war, dass ich diese nicht mehr an sie verschwenden und das Geld behalten sollte.

Ich hatte ihr schwören müssen, dass ich es keinesfalls in ihre Therapie stecken würde, und dank Cats Angebot musste ich das wahrscheinlich auch gar nicht mehr, also hatte ich es ihr hoch und heilig versprochen.

Wenn Cat und ich unsere Mütter erst einmal zusammengebracht hätten, würde Mom vielleicht endlich die Hilfe bekommen, die ich mir schon so lange für sie wünschte. Ich verspürte einen Stich, als ich an Chris dachte, der mir dasselbe Angebot unterbreitet hatte.

Allmählich glaube ich sogar, dass er gestern nur deshalb im Wohnzimmer gewesen war, weil er Cat dazu angestiftet hatte, meine Mutter und mich zum Spieleabend zu überreden. Als wollte er mir unbedingt helfen, selbst nachdem wir so reserviert auseinandergegangen waren. Warum? Hatten die vielen Male, die er mir jetzt schon geholfen hatte, seinen Beschützerinstinkt geweckt, sodass er sich für mich verantwortlich fühlte?

Ich öffnete die Augen und bemerkte den Grund meines Aufwachens. Stimmen waren im Erdgeschoss zu hören – oder besser gesagt undefinierbares Gemurmel, das ich als solche zuordnete. Das war eigenartig, denn wir bekamen nie Besuch, schon gar nicht sonntags um 10 Uhr.

Ich schlug die Decke zurück, rieb mir den Schlaf aus den Augen und schlüpfte in meine bequeme Jogginghose. Meine Haare ließ ich offen und wirr von meinem Kopf hängen – ich hatte ohnehin nicht vor, mich zu zeigen, sondern lediglich an der Treppe zu lauschen.

Ich gähnte noch einmal ausgiebig hinter vorgehaltener Hand und öffnete die Tür. Als ich eine dunkle Gestalt davor stehen sah, stolperte ich allerdings geräuschlos zurück. Wenn es ein Einbrecher gewesen wäre, hätte ich mich nicht einmal gewehrt, denn weder meine Stimme noch meine Beine wollten mir gehorchen. Mit rudernden Armen versuchte ich, das Gleichgewicht zu halten, landete aber unsanft auf meinem Hintern und sah dann mit schreckensweiten Augen zu Chris auf.

„Entschuldige, ich wollte gerade klopfen“, sagte er leicht amüsiert und reichte mir die Hand. Ich ergriff sie und ließ mich schwungvoll auf die Beine ziehen, wobei mein Herz so laut pochte, dass er es hören musste.

„Chris was … was machst du hier?“

„Dich besuchen, oder besser gesagt deine Mutter. Es war Moms Idee. Nachdem ihr gestern nicht gekommen seid, wollte sie den Sonntag für ein kurzes Gespräch nutzen. Und nun ja, jetzt sind wir hier ...“

Mein Gehirn musste sich noch teilweise im Schlafmodus befinden, denn ich kam überhaupt nicht hinterher.

„Deine Mutter ist hier?“ Vor Verblüffung überschlug sich meine Stimme.

Er nickte und deutete hinter sich, auf die Treppe. „Sie ist unten und redet mit deiner Mutter.“

Er warf einen Blick in mein Zimmer, und ich wurde mir siedend heiß der Unordnung und Spärlichkeit bewusst. Ohne, dass ich auch nur näher darüber nachgedacht hatte, hatte ich plötzlich die Tür in der Hand und schlug sie zu. Oder zumindest versuchte ich es, denn Chris fing sie auf.

„Im Ernst? Du willst mir wieder die Tür vor den Kopf knallen? Ist das eine Art Hobby von dir?“

„Tut mir leid, ich … warte einfach draußen, okay?“, sagte ich und machte sie energisch zu. Fassungslos lehnte ich meinen Rücken dagegen und schloss die Augen, um mich zu sammeln.

Doch wie sollte ich das anstellen, wenn Chris Hawkey vor meiner Tür stand?! Ich meine, er war

hier, in meinem Haus, mit seiner Mutter!
Ich konnte ja vielleicht noch nachvollziehen, dass *sie* hier war, um meine Mutter zu besuchen, aber warum zum Teufel war *Chris* mitgekommen? Als ihr Fahrer? Weil er mich quälen wollte? Hastig zog ich mir saubere Unterwäsche und neue Sachen an, dann schlüpfte ich durch den Türspalt und an ihm vorbei.

„Würdest du bitte unten auf mich warten?“, bat ich und war auch schon ins Bad gelaufen.

Fünf Minuten später kam ich die Treppe herunter und fand Stefanie Hawkey und meine Mutter auf dem Sofa vor. Stefanie wirkte hier vollkommen fehl am Platz.

Mit ihrer dunklen, perfekten Frisur, dem frischen Make-up und den teuren Sachen sah sie wie eine Königin aus, die sich in einen Stall verirrt hatte.

Doch Gleiches galt auch für ihren Sohn, der am Küchentisch saß. Der Blick, mit dem er mich ansah, musste pure Einbildung sein, befand ich, denn es sah aus, als würde sich seine Miene bei meinem Anblick aufhellen.

„Maggy, mein Schatz, darf ich dir Stefanie Hawkey vorstellen?“ Mom strahlte wie ein Honigkuchenpferd, und als ich zu ihnen ans Sofa trat, erhob Stefanie sich und reichte mir die Hand. „Wir kennen uns bereits, aber es ist lange her.“

„Schön, Sie zu sehen“, sagte ich und erwiderte die Geste. Ein außergewöhnlich duftendes Parfüm umhüllte sie und ließ den Raum gleich viel frischer wirken. Ihre Hände waren genauso weich und warm wie die von Chris.

„Ich möchte mich nur kurz mit deiner Mutter unterhalten, wir sind gleich wieder weg“, verkündete sie und setzte sich wieder. Ich nickte und ging in die Küche.

„Möchtest du was trinken?“, fragte ich Chris, während ich mir ein Glas Wasser einschenkte. Vielleicht konnte ich so meinem trockenen Hals entgegenwirken, den ich seit seinem Auftauchen hatte. Er beobachtete mich, schüttelte aber den Kopf.

„Ich würde mich lieber mit dir unterhalten, ungestört.“

Schulterzuckend stellte ich das Glas ab und lief in Richtung Haustür, wobei ich mich deutlich lockerer gab, als ich war. Was könnte er von mir wollen? Und was hatte sein sonderbarer Blick zu bedeuten?

Ich setzte mich auf den breiten Verandastreifen und wartete, bis er die Tür geschlossen hatte, bevor ich sagte: „Tut mir leid, das mit der Tür. Ich bin es einfach nicht gewohnt, Besuch zu bekommen. Genau genommen hatte ich seit drei Jahren keinen mehr.“

Er sah mich erstaunt an, während er sich an die Tür lehnte. „Waren denn nie Freunde von dir hier? Cat oder Tara?“

„Du hast doch mein Zimmer gesehen. Und meine Mutter ist nicht gerade vorzeigbar, wenn sie getrunken hat ... wie du ja weißt. Meistens lade ich meine Freunde zu Partys ein oder treffe mich mit ihnen in der Stadt."

„Klingt ziemlich traurig, als würdest du einen Teil von dir verstecken."

Sein Blick war undefinierbar und unverwandt auf mich gerichtet, was mich nervös machte und mit der Frage herausplatzen ließ: „Was machst du hier, Chris?"

Er leckte sich die Lippen und verschränkte die Arme vor der Brust.

„Unser gestriges Gespräch aufnehmen."

„Warum?"

„Weil ich denke, dass wir noch etwas zu klären haben."

Ich hob die Brauen und lehnte mich mit aufgestützten Armen nach hinten.

„Stimmt, du könntest mir zum Beispiel erklären, warum ihr hier ohne Ankündigung auftaucht!"

„Es musste sein, meine Mutter ist gerade viel unterwegs und nur für wenige Tage in der Stadt. Es wird Wochen dauern, bis sie wieder zurück ist. Sie wollte deine Mutter aber unbedingt vorher sehen.

„*Warum*?", wollte ich nachdrücklich wissen. „Warum interessiert sie sich so sehr für meine Mutter?"

„Weil meine Großmutter ebenfalls Alkoholikerin war und Mom sie daran verloren hat. Als sie gehört hat, dass es einer Freundin ihrer Tochter ähnlich erging, wollte sie sofort helfen."

„Oh", machte ich betrübt und dankbar zugleich, weil sich Stefanie meiner Mutter persönlich annahm.

„Aber das erklärt immer noch nicht, warum *du* hier bist! Machst du dir etwa Sorgen, dass ich über dich als meinen Arbeitgeber schlecht reden könnte?"

Schnaubend stieß er sich von der Tür ab und kam näher, was meinen Puls in die Höhe schnellen ließ. Bevor ich von dem Geländer runterspringen konnte, hatte er sich vor mich gestellt und mir den Weg versperrt.

„Du weißt genau, dass es hier nicht um die Arbeit geht. Ich rede von dem Kuss."

„Ach, jetzt willst du also plötzlich darüber reden?" Es war mühsam, einen bissigen Ton anzuschlagen, während er direkt vor mir stand. Ich musste mich sogar ein weiteres Stück zurücklehnen, um ihm überhaupt in die Augen sehen zu können, wobei ich nicht gerade eine dominante Körperhaltung einnahm.

„Ich wollte auch schon vorher darüber reden, aber du hast mich nicht gelassen."

„*Ich* habe dich nicht gelassen?", wiederholte ich fassungslos. „Wenn ich mich recht erinnere, hattest du *zwei* Wochen Zeit, mich darauf anzusprechen, aber du hast es nicht getan."

„Das stimmt nicht. Ich *habe* es angesprochen, direkt am nächsten Morgen. Aber du sagtest, ich sollte mir nichts dabei denken, weil du nicht zurechnungsfähig und betrunken gewesen wärst.

Das war ein ganz schön fieser Korb, denn im Grunde hast du mir damit gesagt, dass er dir nichts bedeutet hat. Was sollte ich da deiner Meinung nach noch ansprechen?"

Seine Worte machten mich einen Moment sprachlos. Da hatte ich all die Zeit geglaubt, der Kuss hätte ihm nichts bedeutet, dabei hatte er nur so reagiert, weil ich ihm eine vermeintliche Abfuhr erteilt hatte?

„Und gestern wollte ich mich mit dir aussprechen, aber du bist praktisch aus meinem Büro geflüchtet …"

Mein Blick wechselte zwischen seine Augen umher, die den meinen so nahe waren.

„Aber warum hast du nichts gesagt?"

„Weil ich mir deiner Gefühle bis gestern nicht sicher war."

„Warum bis gestern? Was hat dich umgestimmt?", fragte ich, meine Stimme war nichts weiter als ein Flüstern.

Er hob seine Hand und strich mir in derselben Bewegung die Haare zurück, wie er es gestern getan hatte. Nur konnte ich dem Drang diesmal nicht widerstehen und schloss seufzend die Augen.

„Deine Reaktion darauf", sagte er, und noch bevor ich die Augen öffnen konnte, lagen seine Lippen auf meinen. Überrascht, weil ich alles andere als einen Kuss erwartet hatte, zuckte ich zusammen und mehr noch, als er sich zu mir herüberbeugte und mich dem Abgrund unter mir näher brachte.

Doch seine Hände an meinem Rücken gaben mir das Gefühl von Sicherheit - ein Gefühl, das ich, bevor ich Chris kennenlernte, schon so lange nicht mehr empfunden hatte.

Unser Kuss währte nur kurz, und eigentlich hatte ich auch gar nicht das Bedürfnis, geküsst zu werden – zumindest nicht im Augenblick. Vielmehr wollte ich von ihm gehalten werden, so, wie er mich gehalten hatte, als meine Mutter im Sterben lag – den Moment, in dem ich meine Gefühle für ihn entdeckt hatte.

Als ich auf die Füße sprang und mich in seine Arme kuschelte, nahm er mich bereitwillig auf und bettete sein Kinn auf meinen Kopf.

Sein Herz schlug fest gegen meinen Oberkörper, seine Wärme hüllte mich geradezu ein und sein Atem blies gleichmäßig gegen meinen Haaransatz.

Es brauchte keine Worte, keine weiteren Gesten, um unsere Gefühle auszudrücken. Denn alles, was wir voneinander brauchten, fanden wir in dieser einen Umarmung.

2 Monate später

An manchen Tagen kam mir das Haus ziemlich leer vor – ich hatte mich über die Jahre einfach zu sehr an den Anblick gewöhnt, den meine Mutter auf dem Sofa abgegeben hatte. Doch glücklicherweise bedeutete ihre Abwesenheit in diesem Fall etwas Gutes, eine Veränderung. Und Veränderungen hatte es in den letzten Wochen viele gegeben.

Zum Beispiel schlief ich nicht mehr jeden Tag alleine – sondern hatte diesen abgöttischen Mann neben mir, der mir das Gefühl gab, die begehrenswerteste Frau auf Erden zu sein. Und ich traf mich viel häufiger mit Cat, die nun praktisch zu meiner Familie gehörte.

Am meisten liebte ich die Spieleabende, in denen der gesamte Hawkey Clan zusammenkam, um Neuigkeiten auszutauschen, sich gegenseitig zu beschummeln – zumindest tat Chris das gerne – und einfach nur das Zusammensein zu genießen. Genauso eine Gemeinschaft hatte ich mir immer gewünscht, eine große und glückliche Familie. Und nicht selten waren auch Frank und Stefanie dabei.

Stefanie hatte ihr Wort gehalten und meine Mutter, kaum, dass sie wieder in der Stadt gewesen war, in eine Einrichtung gebracht, in der sie sich sogar mitunter persönlich um sie kümmerte.

War das nicht verrückt? Stefanie Hawkey, die Frau, die meine Mutter schon lange bewunderte, beschäftigte sich nun persönlich mit ihr! Natürlich würde sich der Erfolg nicht von heute auf morgen einstellen – das war uns allen klar, aber nach all den Enttäuschungen und Rückschlägen, die ich in den letzten Jahren verkraften musste, fühlte ich das erste Mal wieder Hoffnung. Kein zaghaftes Gefühl, dem ein unterschwelliger Zweifel anhaftete, sondern unerschütterbare und uneingeschränkte *Hoffnung.*

Aber natürlich fühlte ich auch noch etwas ganz anderes.

Man sagte ja bekanntlich, dass die ersten Monate einer Beziehung die aufregendsten und glücklichsten waren und sich die Euphorie irgendwann legte, aber ich glaube, wer auch immer das behauptet hatte, der kannte Chris Hawkey nicht.

Wann immer er nicht im Büro oder in der Fabrik sein musste, lud er mich zum Essen ein, ins Kino oder zum Kochen. Und selbst wenn sich die Hochstimmung irgendwann legen sollte … meine Gefühle für ihn würden es sicher nicht tun.

Emilia hatte ihre Arbeit bei den Hawkeys wieder aufgenommen – ich hatte sie bereits kennengelernt und sie war eine herzensgute Frau, genau wie Lily.

Und nun freute ich mich darauf, Samuel und Liv kennenzulernen, die nächste Woche aus dem Urlaub zurückkommen würden. Selbstverständlich hatte ich mich inzwischen auch bei Shane entschuldigt und die Anzeige fallen lassen.

Er hatte es mit Fassung getragen – um nicht zu

sagen, eigentlich war es ihm ziemlich gleichgültig gewesen. Alles in allem konnte ich sagen, dass ich nie glücklicher gewesen war, als in diesen zwei Monaten und ich hoffte – nein ich wusste – dass dieses Glück noch lange anhalten würde.

ENDE

Band I - Schokolade zum Verlieben
Band II - Schokolade zum Vernaschen
Band III - Schokolade zum Verzehren

Lesen Sie auch

Der endlose Wanderer

Ein Unwetter, und das ausgerechnet an dem Tag, an dem Liv mit ihrem bejahrten Volvo durch die einsamen Wälder Kanadas fährt, um einen neuen Lebensabschnitt zu wagen. Als sie einen Abhang hinunterrutscht, wird sie in letzter Sekunde von einem Bergwanderer gerettet, dem sie sich dankerfüllt anschließt. Bald muss Liv jedoch begreifen, dass ihr charmanter Begleiter nicht irgendein Pilger ist, sondern DER Wanderer, ein Mann, der in ganz Kanada bekannt ist, weil er aus einem ganz bestimmten Grund wandert …

Ein Liebesroman mit Witz, Gefühl und einer gesunden Portion Herzschmerz.

Der letzte Tag - Lucan

Als die 17-Jährige Elena ein halbes Jahr nach ihrem Unfall an die Schule zurückkehrt, hat sich nicht nur ihr Leben verändert, sie hat auch einen neuen Klassenkameraden bekommen.
Lucan. Ein Schüler, der nicht nur unheimlich attraktiv ist, sondern auch reifer und düsterer scheint als die anderen.
Was Elena jedoch nicht ahnt: Lucan ist kein gewöhnlicher Junge und eh er sich versieht, hat er ihr schon zweimal das Leben gerettet.

Dabei gibt es eine Regel: Misch dich niemals ein

Zuckersüßes Chaos

Studienzeit ist die schönste Zeit des Lebens.

Davon ist auch Claire überzeugt, als sie in die Nachbarstadt zu ihrer Cousine zieht. Bis sie zwei Männern begegnet, die unterschiedlicher nicht sein können und ihr Leben ziemlich auf den Kopf stellen.

Da ist zum einen der Uni-Liebling Taylor, der sich als absoluter Traummann entpuppt und auf der anderen Seite der unnahbare Frauenheld Jason, der sie mit seinen anzüglichen Sprüchen in den Wahnsinn treibt.

Und in dem ganzen Durcheinander muss sich Claire auch noch mit ihrer chaotischen Cousine, dem Studium, einem Job und jeder Menge anderer Probleme herumschlagen.

8657949R00144

Printed in Germany
by Amazon Distribution
GmbH, Leipzig